# 青春语录

年方二八

夏羽作品

图书在版编目（CIP）数据

青春语录·年方二八 / 夏羽著．－北京：华文出版社，2014.9（2023.6重印）

ISBN 978-7-5075-4234-9

Ⅰ．①青…　Ⅱ．①夏…　Ⅲ．①散文集－中国－当代　Ⅳ．①I267

中国版本图书馆CIP数据核字（2014）第215906号

青春语录·年方二八

著　　者：夏　羽
责任编辑：潘　婕
出版发行：华文出版社
地　　址：北京市西城区广外大街305号8区2号楼
邮政编码：100055
网　　址：http://www.hwcbs.cn
电　　话：总 编 室 010-58336239　　发行部 010-58336202
　　　　　责任编辑 010-63429159
经　　销：新华书店
印　　刷：永清县晔盛亚胶印有限公司
开　　本：787×1092　1/32
印　　张：8
字　　数：108千字
版　　次：2014年10月第1版
印　　次：2023年6月第2次
标准书号：ISBN　978-7-5075-4234-9
定　　价：38.00元

显然，这已经不是第一次在过生日的时候，有人送你那束玫瑰花，更不是最大的一束；可是，这

# 生日

# 坐二八望二八

天下最漂亮的女孩儿。”他，梁伟，说你在他眼里是一尊奶瓶，是就是吧，奶瓶——法国帝强势，的确很可爱的。

“14是最不吉利的数字。”其实这个刁难的问题，你也没有答案。

显然，这已经不是第一次在过生日的时候，有人送你郑雯雯红玫瑰，更不是最大的一束；可是，这的确是你第一次收获了花枝——就算是喇叭花也是无所谓的，因为你想尝试一次**给别人机会的温暖——送人玫瑰，手有余香，是个什么感觉？**

1、2、3……14枝——

"今天是奶瓶公主的生日，献上15朵玫瑰给全天下最漂亮的女孩儿。"他，梁伟，说你在他眼里是一尊奶瓶，是就是吧，奶瓶——洁白而温馨，的确很可爱的。

"14是最不吉利的数字。"其实这个刁难的问题，你也没有答案。

"最漂亮的那朵玫瑰让14变成了15。"他脱口而出。

"为什么十五的月亮十六（石榴）圆？"不管他有没有听过这句歌词，总之是父辈常开玩笑的一个问题。

"因为经奸商周转，涨了一块钱。"他对答如流。

"奸商不只能骗到钱，还能骗到江山，骗走美人。"面对他，你总有一大堆似乎永远说不出答案的问题，因为

你不怕他。

“骗走了西施，也没再娶东施呀。结果是，范蠡对西子恩爱有加，可没有一点嫌她是改嫁的。”还好，他的这个说法还能调动你的注意力，你的心此刻还属于这个不太帅的年轻人。

“如果有一天我们分手了，问题肯定不在我这边。”你学着电视里的腔调，那么随意地说出了这句准山盟海誓，其实你以后会知道，**轻易地许诺，当真的只有听者**。

“我会等我的西施回心转意。”

……

他，你说是你的初恋，其实是自欺欺人，因为暗恋的你不敢算，也因为可以不算。就算是你承认的恋人，也是暗中进行的——因为要中考了。

**有年纪的人总是在回忆童年，童年是多么美好啊，都因为他认为一切错误都可以重来。可是童年，其实连恋爱的资格都没有**。

“今晚不要让他来，可以吗？”梁同学说的他指的是你的学习委员周康，虽然人在一班，可他却不是一般的人物，他是一大群女同学朦胧的对象。

“我和他只是普通朋友。”你为这句话已经演练了一万零一次，这次说出来，没有一点的怯场。

普通朋友？**普通朋友跟恋人的界限，只是女孩儿的一句判断：你说是，就是；你说不是，他的是就代表着一场热战加冷战。**

“好啊，让他去，不要送礼物，饭后算算他自己吃了多少钱。”他已经因为情商而丧失了智商，不信看下面。

“不要这个样子看着我！”女孩儿终于怒了。

“那你留这个样子给谁看？”男孩儿彻底没了自信。

“还是个男人吗？为什么心里面自卑到不敢见我普通的朋友呢？”女孩儿依然学着电视里的腔调。

“谁教的你这句话？”男孩儿似乎问错了问题。

“你还管不了我这么多吧！”女孩儿已经没心情了。

“那我去问问叔叔和阿姨。”男孩儿继续着他的愚蠢。

“有那个胆量就自己去。”男孩儿的未来完了。

**其实能牢牢黏在记忆里的，不只是月下的呢喃和厮磨的快感，吵架更能形成长时记忆。**花季的你，吵架能力是胜男孩儿一筹的。吵架归吵架，生日派对还是过得没新意，因为太顺利，因为没有惊险，因为都认为自己已经长大，已经很体面，已经懂事儿。

午夜，短信中。

“今天是我的错，我心胸狭隘了，可这都是因为我太在乎你！”男孩儿很快就学会了是错就往自己身上背。

“为了中考，为了我们的未来，我们先安静一段时间吧。爸爸已经觉察到问题了，妈妈也在暗示我。中考后我的手机号会复机，我是爱你的，晚安。”

**社会是男人主导的社会，可是青苹果的始作俑者始终是女人。女人是经不起诱惑的，而男人是经不起女人诱惑的。**

似乎学习不是学生的本职，作业也不是，考试才是，因为你生命的三大权威在乎——父、母，还有班主任。考试之前你会顺延很多梦想，去凤凰岛看凤凰，去旧金山捡金子，还有矗立在阿根廷的潘怕斯草原上跟班主任和爸爸妈妈对立。当然，他，关于他周康的梦也顺延了，虽然你认为只是顺延而已。

教室里总是小帮派林立，昨天林老师在新学期动员大会上发言时，被麦克风折磨得吐血，刘德华又有小孩的故事也许是真的，鸡笼的青蛙终于变了王子，等等，这些是可以在教室里公开讲的，直到听到老师渐强的脚步声。

当老师问哪位同学可以回答问题的时候，你跟班上所有的同学一样高高地举起了右手，却把眼睛深深躲藏，“千万不要是我。”可是运气，**运气是练“气”功修炼不好的结果。**

回答不好，你怕留给老师一个坏印象，其实你最怕的是他的眼光，你怕自己输给了她，蒋琦。

而室外的话题始终是：隔壁谁跟谁又复合了。

好了，就说实话吧，今天给你送玫瑰花的，不是你的最爱，你一直偷偷喜欢本班的学习委员周康。

这位班干部一表人才，谈吐风雅，机警聪慧而又沉稳

大方，净白的双眸里溢出全世界为之震颤的孤傲，班上所有的女生都暗恋他，尤其是那位姓蒋的，班里最能吃苦学习成绩第一的女同学——你是白雪公主，他就是骑白马的王子，他要带你创造童话。

至于他，给你送花的梁伟，跟梁朝伟同一天生日，其实穿着衣服实在找不到哪里跟梁朝伟有一点像，倒是长得像幽默的地理老师，只不过，学习成绩还可以，要不然你是不会给他机会的。

也许，学习委员对你的无动于衷，只是因为不想打扰中考吧。如果现在的你不是 15 岁，如果你是大人，那他……

虽然，这已经不是第一次在过生日的时候，有人送你那束紫红玫瑰，更不是最大的一束；可是，这

# 子，十六
# 碧玉年华，荒唐梦

天下最漂亮的女孩儿。”他，梁伟，说你在他眼里是一尊奶瓶，是就是吧，奶瓶——活泼可爱，的确很可爱的。

“14是最不吉利的数字。”其实这个刁难的问题，你也没有答案。

# 考后的倚靠

后天的后天中考揭幕，前一天认考场，其间放假——意味着，这是你们班的最后一课，从此再无初三（1）。只是**都德笔下的小弗朗茨不需要考试，他的最后一课在初升高的中国式教育面前，苍白得像杰克逊那漂白过的脸**。

你正拿不定主意是给学习委员送叶脉书签，还是送一副字。字要红色的，而且你要亲为朱笔小楷。**也许，就再也没也许了**。

“今年毕业所有班级不准送礼物，各班班委给做一下思想工作。”然后是一长串的理论。

其实你，你倒是松了一口气——一直以来自己都是输给她的，而这次，她没机会赢了。

朝阳，染红了身边的云彩，却义无反顾地高升，为了接受更多的膜拜。你说这个人坏，坏得可爱，可是这样下去，你忽略了，接下来的韵脚很可能就是Bye，拜托你走开，就是败。

像往常一样讲究时间效率，你在开考前赶到了考场。

老师一本正经地展示着普通话发音的——不能说蹩脚——原来是芸芸她爸，顾叔叔！这个人认识妈妈，有机会就总是夸你聪明，于是你愿意用行动告诉他与英雄所见略同。

落座，打开笔袋，像往常一样讲究效率，你奋笔疾书起来；可是，跟往常不一样——秒针还健康的手表跟你开起了玩笑，怎么会提前一个多小时就做完了？你象征性地只检查了一遍，就跟学习委员约会去了……

你一次又一次地提醒分针，在有限的生命里一定要积极主动。终于最后一刻到了——是真的最后一刻，十五分钟，你要把卷子叠得整整齐齐，世界上没有不爱美的女人——我的天啊！小作文后面才是真正的作文题。你瞅着和蔼的顾叔叔，要他给你作证：**这一切不是自己笨，而纯粹是因为不小心。**

超级玛丽吃了五角星，妖挡杀妖，魔挡杀魔，佛挡……以前说奋笔疾书也只是学会了一个成语，这回你躬亲示范给顾叔叔看一回迅雷不及掩耳——到铃儿响叮当的时候，你在本不该画句号的地方画了足够圆的圈，离满格还有四分之一炷香的距离。

后面的几场考试，都没有给你设陷阱，索然寡味。

**人生就是一团欲望：得不到就痛苦，得到了就无聊。**太顺利的事情总是那么不重要，扶摇直上的人会很快泯然于众，那些力挽狂澜的才是真英雄。可这回，英雄只在传说之中——但**没选择的你还可以选择期待侥幸。**

你搭上了动车往小姨家去，在上海。

铁道这端，你认识了朱自清和吴奇隆所说的月台。挥手的，是爸爸妈妈；告别的，是许多许多美丽的梦。

初中，从此成了你的记忆，成了你的谈资。

铁道那头，是像自己的小姨，是十里洋场的上海滩，是你另一段人生的开始，是一个充满陌生人掌声的舞台。

上海称自己东方——世界所有的民族都称自己在中间，叫了几千年的中国，一下子成了别人眼里的东方，还骄傲得不得了：二等公民怎么了？出了上海都是三等公民。

你确信学习委员审卷子的功力也是高人一等的，这回你要赢的不再是她，而是老天爷，老天爷给不给阅卷老师

好心情——再跟他做校友是天下第一大事。

火车并不冒烟冒火，可也绝非停着不动，那为什么要有动车呢？反正动车就是比火车快，**感觉就是——还没感觉就到了**。

短发的小姨和西装革履的邹叔叔早就拎着伞等在那里了，见到软绵无力的阳光，你才知道来错了地方——五月的上海，梅雨霏霏，而你又偏偏得了雨天综合征——考试综合征的后遗症。

上海的绿跃在湿湿的红泥之上，是那么的刺眼。**总有那么些人，不管见过多少次，你跟他永远也成不了熟悉的人**，显然，说的是西装革履的邹叔叔。

问好，寒暄，上车，走人。

外甥随舅舅，这外甥女儿也随姨妈。人家都说你随你小姨，冰雪聪明，才貌双全——都是左撇子。小姨是才女，研究生考上了复旦，现在在一家报社当大官——婚姻？是的，结婚了，邹叔叔就是老公，只是没给你带来弟弟妹妹，等等看吧。

上海有弄巷，很干净，够古朴，湿漉漉的，透着江南的哀怨。弄巷接大马路，马路上车水马龙，不像北方，这里很少见到路边有闲人。

珍妮要阿甘“跑，尽管跑！”他就从大西洋跑到了太平洋，再从太平洋跑到大西洋，来回折腾了六七回。好多时候估量一下自己的本事，就怀疑地问自己：怎么就做到了？**谁不后怕自己能活到现在呢？**

小姨安排你去了一个很大的礼堂表演古筝，你记得获奖了，后来才知道自己拿了“夏羽杯”全国古典乐曲青少年组大赛一等奖。

**做木偶，也有做木偶的好处，医生要你听话就有听话的道理**。还不是因为太新鲜，不敢造次，才安分地完成了一个又一个不知做坏有什么后果的任务。

才女不再是才女，而是成了天才。你想了好一阵子怎样才能发扬国粹，要把梧桐秦声带到维也纳金色大厅，这样，学习委员就永远地仰视你了。

虽然你是天才，但无论贵贱穷富，你都不会嫌弃他没

出息的——比如说**他流浪街头，你会死心塌地陪他卖艺，电视剧中都是这么说的；假如他杳无影踪，你就等到天荒地老，海枯石烂，歌词都是这么写的；如果他杀人放火，你就陪他把牢底坐穿，书中也是这么教的；他要是奸淫，你就阉了他，不需要说教。**

后来你会常做这样的梦：

偌大的礼堂，黑压压的人，初赛的你遇到了空调罢工，十个指头妄图独立——你落了拍子。福无双至，祸不单行，中考的霉运也会乘火车，跟来了黄浦江头。只好在小姨家展示给老师看真实水平了，就这样决赛多了一个你。

空调再次被冤枉失控，汗流浃背，双手颤抖——就在要选择认命的时候，礼堂全体人员开始起立鼓掌，不是因为见证了艺术品的诞生，而是前面的选手无法完成表演而退赛了。一下子春天来了，终于有人比你差了：**在你倒霉的时候，身边有人比你还倒霉，你也就不再害怕倒霉了。**

你跳上舞台，一鼓作气，《高山流水》，赢得了另一种掌声——他迟到了，只会跟大家一起给你鼓掌。

**成功是最好的麻醉剂，却也有着准确的有效期**，还是跟他做校友比较安全。上海真的会下雨，每一天都是潮湿，宛然在船上，上大海里去漂泊。

球僮挥起了卡拉威，十八洞洞洞只消一杆，可是完美的成绩只有上帝一个人见证。你就是一个演员，你所有的表演只给一个人看——**在观众缺席的时候，你登上华丽的舞台，完美地呈现着一个又一个的绝伦桥段。**

# 他乡的他

你有你自己的圈子，出了这个圈子你没有安全感；**别等到不习惯变成了习惯，那就模糊了圈子的界限，不再能让人享受局促不安了**——这个界限是黎明前的黑暗，是产前的阵痛。

你总以为右前方那个身着白西服的就是他，你的学习委员；你总希望这回来短信的不是他，送你玫瑰花的梁伟；你总以为心里嘀咕的时候，他正在倾听你独到而高明的见解。

“郑雯雯！”背后他在喊你的名字哎！

你知道自己已经转头了，你也知道仍然不会是他——可**回头了，人家喊的就一定是你**。

“月——”

“程岳，路程的程，岳武穆的岳，”你能接受并忍受着他泡了八辈子醋缸的酸气，“岳飞岳王爷的岳。”

“认识你就知道民族英雄平反了——知道了，你是八千里路云和月的月，一个女儿名，上海有个小月月，咿呀咿呀呦。”

人家说，**演员和神经病的区别就在于：演员知道什么时候谢幕，可是神经病却没有谢幕的通告**。

还好这个人比较斯文，他只是酸，还没有腐臭，上回“夏羽杯”比赛排练时候认识的。他拉二胡，一本正经拉的那种，摇头晃脑，手脚并用，你很难尝试用哪条理论来区分演员和神经病。

原本，岳二糊涂只是街头遇见了有缘人，非要在异姓兄弟面前炫耀自己把妹本领的高超。就这样一个不小心的偶然，你认识了朋友程岳的朋友，高哲飞。

他家跟岳二糊涂家只隔一条臭水沟，很难过，可得去同一个站牌下坐公交车——你的发小不都是这样，因为地理近缘的原因得来的吗？

邹叔叔反正不在，可以这么说，你对上海的小男人从骨子里就讨厌！高哲飞他还用副无框眼镜折射自己虚伪和狡诈的双眼，最不要脸的就是四只眼的！姓高还不如自己长得高，折了翅膀看你怎么飞？

他们一路讲什么老大耳朵（罗纳尔多）没戏（梅西）了——两介武夫，你决定要让他们认识他们自己的四肢不发达并头脑简单，**也许之前他们不是这样，而变成这样的理由只是遇到了道高一丈的你。**

“梅西伟大还是马拉多纳伟大？”

“男人之间的问题，少儿不宜！”青蛙王子高哲飞对你似乎不屑。

“梅西步频快，启动速度和瞬间爆发快，走内线需求内切打门。马拉多纳趟球距离大，往外线带，拉开空间需求下底传中。梅西拿了一堆大耳朵杯，而马拉多纳拿了最重要的大力神杯。”你要让他们赛前不预习，赛场不留意，赛后不复习而悔恨交加，痛彻心扉；你要打得他们两个行尸走肉，枉生为人，立志改造，重新做人。

“梅西是马拉多纳后阿根廷最大的骄傲，比方有辆车，梅西坐驾驶座，马拉多纳坐梅西后面，你们说这车是谁的？”

“马拉多纳是球王啊，梅西客串司机没问题，车可以是马拉多纳的；但是梅西开自己的车来接球王也能成立；由第三方来接送这两位大腕儿，他们不喜欢被打扰，让梅西代驾也完全可以——结论是你的这个问题没水平。”糊涂很得意自己不糊涂的剖析。

“就因为你的结论是未定，所以你的理解就掉进陷阱里了。”眼镜四十五度抬着头正好能平视高一头的你。

“如果遇到红灯了，他们说什么话？”

“Shit！”**外文的脏话不算脏话**，两家伙大笑起来，笑得你脸通红，像冉冉高升的朝阳。

本来是你赢了的两个问题，被他们鄙陋的傻笑气得烟消云散，你恨透了那个高度近视，仰头、近视眼的丑八怪——青蛙。

走走停停，说说闹闹，玩玩笑笑，你们决定可以说饿了，就在路边一家包子铺坐了下来。

“你刚才那两个问题，想给什么高妙的答案？”青蛙突然这么问。

“答案还那么重要吗？”你的火气回来了。

“答案本来挺重要的，只是受累于表演者的水平：高手可以让一个低级的问题高明起来。”

“见人说人话，见鬼说鬼话，不人不鬼不说话。什么样的表演给什么样的观众，原以为用这个高级的表演给大家带点气氛，可惜我高估了观众的水平。”

“阿姆斯特朗登上月球说的是：‘天啊，那是什么东西！’而人们熟知的是：‘这是我的一小步，却是人类的一大步。’而问他登上月球‘说的第一句话是什么话’，无聊者给的答案是‘美国话’。”

“随你怎么想了，**有些问题本来像猪的床铺一样简单，可是有些人偏偏想得跟荷兰猪的族谱一样复杂。**”

你怕他了，因为他这个人太自以为是，真可恶，但你是天才，天才能随便做任何事——就是不能输啦。

这个猪一样的答案勇敢地和盘托出，就已经向全世界宣布：眼前被骂的这两个倒霉蛋已经不再是陌生人了。可是陌生人还是比熟人多一点，因为糊涂去厕所了，后者减1；来了一群西装革履手拿公文包的人，前者加N。

其中一个个子高的，掏出iPhone，一会儿用英语一会儿用普通话地乱叫，似乎遇到了麻烦，左瞅瞅右看看，看到了正在看他的你，“小姑娘，东京时间跟北京时间差几个小时？”

你看了看身边的高哲飞，回过头来回答：“我们是东八区，东京是东九区，就差一个小时。”

你完全相信自己答对了，没有在这位有素养的叔叔面前出丑。**在学堂里被提问惯了，遇到问题想到的不是怎样解决问题，却是自己的答案跟标准答案有多大的距离。**

“你过来看看我手机的时间是不是北京时间？”这位叔叔喊你靠他近些坐。

你有些疑虑地往他身边走，突然屁股下的凳子打滑，你摔了一跤，可是当你爬起来的时候，却发现他在弯腰捡手机——他捡起来的，是一个屏幕碎了的手机尸体：“小朋友，我说不让你玩我的手机，你非要玩，你看现在手机坏了，你得跟我去维修店修修手机去。”他开始抓你的手臂，另外两个人盯着周围的人。

**上海的弄巷总是那么干净，此刻干净得那么冷清。**

“不用修了，赔你这个吧。”高哲飞举了一下他的iPhone，然后放在桌子上，用手一推，推到桌子对面，三个大人盯紧了离开高哲飞的手机。

高哲飞向你眨了一下右眼，你瞬间领会，一口咬向抓你的手臂，西装叔叔惨叫一声，你撒腿就跑。高哲飞蹦到桌子上收起手机，端起一口浓浓汤汁的大碗，连碗带汤一起扔向刚才抓你的家伙。那西装叔叔看“法宝”的时候，高哲飞已经拍马赶到你身边，拉着你的手，掀翻身边的桌子，向大马路跑去。

跑了有十分钟，你已经累得直喘，看看身后没有人追，再看看英雄救美的高哲飞，“可以放开我的手了。”高哲飞羞赧地松开了你满是汗的手。

他把你带进了一家熟人的店铺，给父母打了电话后，带店里的七八号人，赶紧去饭馆儿解救程岳。

饭馆儿到了，就程岳一个人，大口地吃着面：“你们的钱都自己付了吧？”

从此以后在上海你有了自己的圈子：糊涂、青蛙这两个不同类型的笨蛋，和屈驾陪他们玩玩的天才的自己，凑成了上海三人行。

比方说嗑瓜子，沃尔玛有的是买得起的干果，可是人们更喜欢像复仇一样，用全身上下最坚硬的器官暴力地咬裂葵花籽那“咔嚓”一声的快感，**吃到的不是美味，是成就**。你们不辞辛苦地用拇指划着手机屏的下半身，短而频繁的文字因为歧义和等待带来了持续的朦胧便成了美感。

到第三天的时候，糊涂就敢问你有没有男朋友了，你当然回答有了。你马上意识到这个问题和答案很快就会共享给第三个人。然后**你接着把学习委员的一切真的假的美好都一一加在了你男朋友的身上**——你钓到了一个比吴尊还完美的金龟。

第四天早上，糊涂早早上线，青蛙不在线；中午，糊涂不在线，青蛙仍然不在线；下午和晚上，糊涂在线，青蛙仍然不在线。

十点半，你给糊涂打了电话，那边很快接了起来，“你

有没有见过高哲飞？”你以为是回声，可听到的是男声，其实是你们异口同声……高哲飞真的飞了，那他会不会真的折断了翅膀啊？

人家说，**总觉得某人喜欢自己的时候，其实自己已经喜欢上了这个人，并且是自己想多了。**你才承认，这个可恶的男孩儿，够厉害：人聪明，学识渊博，还那么关心女孩子——他那么关心我，是不是喜欢我？

你突然觉得上海已经不再是异地他乡，而成了一个有期待的地方了——**因为有了残缺，所以才有了期待的理由。**但是日子还得继续，你已经学会了接受难以接受的现实，不只是接受失去了一个伴儿，还要接受你心知肚明的中考成绩，毕竟你做过梦，知道**现实跟梦想的不同就在于：现实是连续的，不可扭转的局面一直会不可扭转。**

放榜的日子还是来了——当班主任说你考了全班第二，全校第四之后，你就知道这是老板最善意的谎言——多么会安慰人的老师啊，可是他知道这样是在伤害一个中学生的自尊心吗？然而一想到可以见学习委员了，你就赶紧动身坐上动车往学校的方向运动——其实**你还是不同意自己乘坐的交通工具叫动车——动力火车还差不多，他的笑容是你最大的守候。**

# 同班之痛

他出现了，上辈子带过来的大眼睛，高挺的鼻梁，细腻的皮肤，干净的花格子衬衫和莫西干时尚的头发。**你的左脚开始让着右脚，右脚还以礼貌**——直到你发现教学楼像教导主任一样怒视着你。

**爱恋，让一个男孩子怯懦，让一个女孩子大胆。**你开朗地跟同学老师们打招呼，就好像一个月之前的意外是发生在别人身上一样。你来到了迎风招展的国旗下，系好红领巾——对不起，只整理好衣领就行了，初三已经是大人了，小时候的那些讲究，现在都不需要了。

立正，仰视，敬礼，甚至都准备好了动情流泪——其实大可不必，已经是中学生了，大行不顾细谨，大礼不辞小让，而这样的一个班主任做媒的清晨，该来的和不该来的都来了。

**你原本想哭的，可是又总觉得理由不够充分，泪腺怯懦，反而让你的眼睛被泪水装饰得恰到好处，宛如西子。**你不敢闭眼，怕看到的会变成活生生的现实。你想一五一十地告诉老班（班主任的昵称）一切都只是意外，属于可被原谅的错，纵然你也不知道被原谅后大家的日子怎样过。

“你555分，全校第四，”你确定老班那双中年美男子的眸子对准的是自己，因为身后都是虾兵蟹将，“班里第二。”老班接着说，那第一当然就是学习委员了。

响屁不臭，臭屁不响，你故作淡定，不知道他又给你唱哪出排山倒海的大戏。你准备好了静观其变，而他也没有怎么变，就去跟其他同学庆贺了——要不先信了这个结果？你就这样允许了自己的幻觉。

**你怕雨大，穿了两层雨衣，一个雷电交加的午后，天阴得像恐龙都恐惧的侏罗纪，最后却没有落下一丝雨滴。**

在学校张贴的总榜上，证实了你的确考了全班第二：一人之下，只在一个人之下；一人之上，有一个人之上——她515分，全校十二名。这样的成绩确保送你去省重点高中，你赢得了跟他在一起的机会，更赢了你从未赢过的宿敌。

**幸福来得太突然，你却做了不幸的准备，幸福感像泡在稀饭里的馒头一样润发了——周润发。**

你看了好几眼淡定的学习委员，然后选择忘记接下来发生的故事，因为你要为开学准备了，来日方长——那他呢，男朋友呢？不用担心，这个人很好安抚，夸他几句，一切风平浪静，还有，他考不上属于你们两个的省重点高中。

爱因斯坦说：一个男人与美女对坐1小时，会觉得似乎只过了1分钟；但如果让他坐在热火炉上1分钟，却会觉得似乎过了不止1个小时。他就是这样解释相对论的，你不信？那是你不懂爱因斯坦的深入浅出。

都说来日方长，可来日并不长，很快就结束了睡到午饭时间听妈妈咣当咣当洗碗碟的日子，高中敞开大门迎接新同学报到了，你一直以为这个梦想的地方会跟做梦一样美丽。

跟电影上一样，人山人海，你带着被羡慕的眼光游走在各色人等中。可不是各色人等嘛，还没见过比你好看的姑娘，如果有，也屈指可数，对了，还有村里来的，看脖子就知道不洗澡。

**优秀不是完成了一个作品，让人们来判断它比别的作品好，优秀纯粹是一种心态，你认为自己优秀，人们就惧怕你的优秀。**

你知道大家都知道你比别人更重要，就拨开人群，挤到宣传栏最跟前。

别人只是看看自己在哪班，为了方便接下来的报到程序，而你呢？你是有重要任务的，你要确保世界上原本早就该在一起的一对恋人要有适合他们创造童话的合理的环境。就知道都没明白什么意思——别人看不懂，才能证明你的水平嘛？你只在乎跟他在一个班，如果没在一个班，近一点也好，算是命运应该给的一个应有的安排。

**一个好的结果，可以让人想一万遍是不是在做梦；一个不好的结果，可以让人想十万遍但愿是在做梦。**

你为什么怵在那里不动了？结果已经是这样了，多看几遍能改变的只是太阳的高度，你一身的冷汗早已经晒

热了。

你很容易在1班第三个位置找到了自己，可是上面两个人没人姓周，周康被分在了4班，最不吉利的那个班。你不忍心看周康班里有谁，但是有人逼着你看他们班都有谁。果然，他名字下面第七行是蒋琦，跟你明争暗斗了三年的前纪律委员。可是看十万遍，不是梦终究不是梦，这是活生生的现实。

祸不单行的日子经历过了，后来成了福禄双至，而这分错班算是什么呢？调班？给个理由先！**想打死一条狗，定它乱叫的罪就是了**。比方说，化学老师总讲不清结晶水是不是水的问题——不对，那是初中的化学老师……总之你想了一万个理由走到周康的班里去。

你确信是去过宣传栏，可只能用结果说明你离开了那张榜单——要不然还会待在那个荒诞的地方。

你跟着大部队完成了注册，比方说，你见到了一个老头儿，以后要叫他班主任，或者胡老师；**你认识了一群不怎么漂亮的美女，和一群有一点点帅的帅哥，可是你不知**

**道他们那一点点帅，都是用一串串浪漫与辛酸并存的爱情故事积累起来的。**

新的班主任说了一堆老班主任重复他们老班主任的人生哲学，也叫政治课，虽然跟政治没有一毛钱的关系。**下课铃声在集体无声倒计时中到来**，你径直走向了楼道口，夸奖了谁这么有才取名一项运动叫竞走。帅哥们肆无忌惮地目送你离开，因为看齐一个目标的时候，谁也没工夫监视谁。你的一颗被带走的心，带走了一群不安分又惴惴不安的心。

**天堂就是这么一个地方：里面可以什么都没有，而你却感觉什么都有。**1班和4班同在恩琪教学楼的4楼，你和他两个人共享整个教学楼，这是上天给的恩祈。

百无聊赖和心事重重的表征是一样的，都是心不在焉，眼光回不到眼前。在楼道里，你把自己装得百无聊赖，就可以从容地慢下来等人了。**用幼稚装扮的城府，能撑的可不是一般的船，是航母。**

爱而不现，搔首踟蹰。他爽约了，但你很满足，至少不是他们两个一齐爽约——就在这时他出现了，在你视野最左的边缘。仔细看后面，后面紧跟着的是她，就是她——岁月再无情地在人们脸上开玩笑，你也认得她眉间的那颗狐狸精的红痣。

现在是高中生了，她学会了用漂亮的衣服遮盖她胴体的丑陋。一定是暑假自己的缺席，她乘虚而入！世界就这样瞬间只剩下了你们三个人。

“郑雯雯！”熟悉的男中音把你喊回了现实的世界，“这么久不见变漂亮了！”你确信这是你一直等待的声音，可是，他的话语里，你的变化他是刚刚注意到的，原来自己之前是个不漂亮的角色。

“是变更漂亮了！这么说话会打一辈子光棍儿的。”你向身后的她挤了一下眼，告诉世界你们姐妹是一个战壕的。

“就算是学会了说好话，这种书呆子，哪个女生不讨厌！”她笑得比你还灿烂，掩藏得比你还深，达到了炉火纯青、以假乱真的境界。

“书中不是自有颜如玉吗？你们班主任不是叫鲁什么

玉吗？不过好像不是个女的。”他的幽默和才思自然不在话下。

“你们真幸福啊，分在一个班里。”这句话还是从心里冒了出来，好似开玩笑，你开始后怕没管好自己的嘴巴。

“幸福？”他们两个相视，然后就笑着扬长而去，“不等第三者了。”

你也笑了，**就像路上遇到大雨，好多悲剧发生后，人们是笑的，因为认可了对结果无能为力**——不对，只是因为他笑了，所以你就必须笑。你望着他们两个远去的背影，笑容凝固了。以后每每放学，你都是第一个走出教室，然后慢慢等待一个熟悉的身影出现，再慢慢忘却自己看到的一切——有时候他是一个人走，有时候是跟男生一起走，可有时候，他和她两个真的一起走。

**真相的代价，就是一辈子不得安宁**。好几回，你鼓足了勇气要当面问清楚：你们俩到底都做了些什么？可是怕，**怕真相，怕真相真的跟你想的一模一样**。

# 最美不过一醉

高中原本是初中地狱般生活的解脱，可是到了高中，初中是高中的解脱，只可惜后者是时光倒流的假设。

校园里，那些村里来的家伙语文和外语总是考不好，于是就在其他不靠天赋的地方卖命——每晚都在自行车棚加班，直到灯光打盹。而无缝不叮的**老师们，要开大会小会学习发扬考试万岁的牺牲精神**。

你开始习惯抢看无情的成绩单，开始跟身边最好的朋友比较名次位置的高低，因为最好的对手，就是最好的朋友——想当年，最好的朋友可只有一个。

总之，才出虎穴，又入狼窝，这从虎到狼，还降了档次。

**时间是治愈伤痛最有效的良药，因为你总会在无奈中习惯无奈；时间也是制造伤痛最不会失效的毒药，它要毁掉一段纯洁的爱情，你重生都找不到解药；时间还是避免伤痛最可笑的假药，当你觉得任何借口都太敷衍的时候，不妨把一切归咎于时间。**

你那个初中交的男朋友，他在你上体育课的时候来看你，把你气得直接将他就地正法，反目成仇，从此杳无音信。哪来的这么大气？但你还是告诉他，他犯的错不可原谅，至于原因，你告诉他他自己心里明白——**他会好好想出一些错误的答案的，因为就没有正确答案。**

第一学期，就这样在煎熬中结束了，**好像发生了很多事，也好像只发生了一件事**：你给你的学习委员找了很多备胎，可最后发现他们各怀鬼胎，都是西门庆投胎。

世界上永远不缺少无聊的人做无聊的事，**无聊和不喜欢是一个范畴的，它们两个都不需要任何理由和借口。**

寒假到了，每个班里总会有无聊的人组织无聊的聚会，因为大多数人在你眼里都是无聊的。而他，永远属于例外，加上她，两个人构成了你心里的少数带给你不无聊的人。你要挑战这对给你制造了心灵创伤的男女。

**面对自己的丑陋叫勇敢；展示自己的丑陋就叫无耻——勇敢和无耻毕竟还是有界线的。**

是曹老太（性别：男）跟代书记（团支书）组织的饭局，地点在角门东，是曹表哥开的饭馆儿，这样同学们跟

掌柜沟通比较方便。主旨很简单，就是让那些半年前没勇气开口说喜欢的人，用酒精麻醉理智鼓起勇气来出丑。

大家云合影从，约好的晚上七点半聚会，七点一刻人就到齐了，他也跟她先后出现。

**不成熟，就是不知道还要说知道，就是不知道——不知而道；成熟就是知道却说不知道，知不道——知而不道。**你很无所谓地跟所有人开玩笑，包括他们这对男女，这一刻你享受着成熟。

你渐渐发现自己的高傲带来的错误，你中考的侥幸，没能撼动她女王的地位——可以从同学们瞪大了的眼睛中，读取她的高贵。你意识到，**这时候跟她吵一架——输的一定还是那个习惯了输的家伙。**

“今年6班的袁莹，去省实验中学上学了。咱们这里的高中招生白菜价，据说作文都没看，给了清一色的50分，像雯雯这样的作文高手，真是吃大亏了。”

你没有像往常一样，在别人夸你的时候做出及时而无效的自我否定，“吃亏是福！大家是出来堕落的，就不替国家领导人操心应试教育的弊端了，科举制度毁了几千代人了，不差我们这‘颓废的一代’。”

**如果不是已经发生完了，如果不是对以后没影响了，你又会重读鞋里那一粒沙生不逢地的罪恶，重读一个马掌钉颠覆一代朝廷的奇异功能，重读魔鬼出在细节这一躲猫猫的成功秘籍，或者重新赏析《一个馒头引发的血案》。**

他看你的时候，你看别处；他看别处的时候，你盯着他看，只要不是看她，你就认为自己是在赢。觥筹交错，霎时间，一个时辰过去了。

“今天是曾冬冬的生日，先祝曾大小姐生日快乐！”很显然他们事先开过会，她的好哥们儿江军，很得意自己掌握并公开了这个秘密。

你盯着江的眼睛，找他看曾冬冬的表情，确信自己看学习委员时，是神不知鬼不觉的。江只是慌张得眼神乱转，原来暗恋也是有层次的，自己的爱比凡夫俗子的深沉一万倍。

掌声响起来，“表白！”“在一起！”起哄声四起。

曾大小姐开始讲话了："谢谢大家以聚会的名义给我来祝寿，祝大家天天开心，本姑娘发达了一定不会忘记你们这群穷开心的乖孩子的。"

她早已经不忍心看江军那在炒勺里用糖醋热过的脸，扭头转向了学习委员，一脸的诡笑。学习委员预感到大事不妙。

**世界上所有的问题，都可以用两个屁来回答："关你屁事"与"关我屁事"**。本来不关你屁事的人，因为一个无心插柳，成了遮挡你所有视线的柳成荫。你静静地盯着。

吱嘎一声，门开了，"打扰一下，老板有加餐。"走出来一位瘦瘦的、小小的、白色的"林依晨"。

"小欣这边来！"学习委员两边的两员女将异口同声。

"打扰了，打扰了。恰好路过，沾寿星点喜气。"学习委员露出了陈冠希一样的笑容。

小欣，好一个小欣！原来她，只是月老；原来赢你的人，你从来都没听说过；原来半年的时间，足够让一个优秀的人遗忘另一个优秀的人；原来，自己并不是上帝的选民。

你的笑容跟美食一样，外面秀色可餐，里面味同嚼蜡，如鲠在喉，距离哭出声来只有0.01毫米。

自己是上帝的选民吗？上帝有打盹的时候吗？上帝有暂时输的时候吗？**上帝会不会给自己的选民第二次机会**？上帝喜欢佛祖和菩萨那样，会故意设置厄难锻炼他选民的虔诚吗？

小欣林姑娘般小心地走向了学习委员，可她干吗要盯自己一眼呢？难道这位仙人听到了你对这位矮子的诅咒？

天塌了，他没有跟自己最爱的人走在一起！他这个懦弱的家伙选择了只会讨好人的白小欣！你多么想告诉他，世界上最伟大的爱情要两个伟大的人才能创造，郎才女貌同时女才郎貌——他凭什么要拒绝老天爷的安排选择暂时缺席呢？你决定问问他，是什么让他选择把人生最美好的价值毁灭给大家看？

“周盟主，到处拈花惹草，有了固定的女朋友，还瞒着大家，你处心积虑，居心叵测，十恶不赦，怙恶不悛，恶贯满盈，罪不容诛，当严加惩处，以儆效尤。你对这位‘林

依晨'姑娘的别有用心，纯粹是枉费心机。你倒不如审时度势，悬崖勒马，不再固执己见，负隅顽抗，不然的话将是作茧自缚，飞蛾扑火，后果惨不忍睹。"

刹那间，**酒场安静得如考场，等待着有人扔针**。你举起修长的高脚杯，高高的，跟见证誓言的灯同海拔，让所有人和上帝都看得见，哗啦啦，金黄色的猫尿均匀地降落地面，泼墨了精准的同心圆。

才有人拉你回了座位，你再也没看他们一眼，你跟每一个男生干杯，以毒攻毒，用大麦芽的苦消灭掉感情失败的苦。你忘记了他跟你说了哪些冠冕堂皇的骗你不哭的谎话；忘记了又有多少人步你的后尘与天地共饮；忘记了谁送你回家；忘记了哪来的勇气对抗父母的痛骂……总之躺在床上就是舒服。

**最美不过一醉，喝醉真好，不该记住的，都能忘掉。**

虽然，这已经不是第一次在过生日的时候，有人送你那云云红玫瑰，更不是最大的一束；可是，这

# 丑，十七
# 初发芙蓉，桃花朵朵开

天下最漂亮的女孩儿。”他，梁伟，说你在他眼里是一尊奶瓶，是就是吧，奶瓶——法国布娃娃，的确很可爱的。

“14是最不吉利的数字。”其实这个刁难的问题，你也没有答案。

# 第一次遇见，便是重逢了

如果你的成绩说得过去，犯错还抓不到，那你就是好学生；**真正的好学生，就是老师偷袭的时候，大家都在犯错，而你总能脱险，你很无辜。**

如果你的长相说得过去，不雅动作足够隐蔽，那你就是好女孩儿；真正的好女孩儿，就是男生偷窥的时候，姐妹的隐私都被晒光，而你总能幸免，他们很无奈。

比方说，你在公交车上，遇到帅哥——帅得一塌糊涂的美男子，韩国时装剧看多了，就见怪不怪了。不怕他帅，就怕他帅得有特点，比方说，长得像某个人……

那是一个春天，就是你第一次喝醉酒后的第一个春天，成年猫开始跟小孩子一样在夜半寻找爱情的另一半。你做了一个梦，看见后座的男生对你伸咸猪手摸你屁股，物理老师梁先生曹操一样超光速想到就到，制止了他龌龊的想法和做法。

你看着梁先生，居然要去拥抱他——你吓得汗流浃背，这样的梦不可以继续下去，快醒来，快醒来——才免了一

场灾难。

人都是有恶和丑的，请遮掩一下自己的恶和丑——遮掩好了就叫修养，这样人家才愿意跟你来往，你才有社会形象。

今早的公交车，除了司机是女的，跟昨天没看出有什么区别。人家说女司机驾驶稳重，可是有了意外，她会不知所措，上班高峰，牛速爬行的大巴，也出不了什么意外吧。

**好多时候，你眼前的场景，什么时候遇见过，只是太笨记不起是哪一生哪一世；好多次，你眼前的人在梦里完整地存在过，你只记住了有后续的那几次。**

你确信眼前的男孩儿跟梦里的一模一样，出现的方式也是周公给的副本。

他斜倚车窗旁，穿一深黄色格子衬衫，浓墨一样的乌发染黑剑眉；白净的脸庞，让人找不到白色的耳机线，肯定是乔布斯的粉丝——剩下的，就是你怎么也记不起在哪里见过的那双如此熟悉的眼眸。

**黄泉路上喝那么多孟婆汤，一定是渴得要命**。你是真的记不起哪里见过了，可是你爱上了这个问题，要从他身上找答案，而又不能被发现。

你开始脸红起来，你等着他过来给一个解释，就算只是打声招呼，这种事总不能女孩子开口吧。他也已经注意到了你躲啊躲的眼睛，似乎要行动了，却心存疑虑，没有行动。

你还是决定给他找理由，他怕把你吓坏。在一个合适的时机，他一定会过来认识你的。你开始帮他选择跟你搭讪的方式，或者跟你问路，或者跟你借纸巾。

还不见他行动，难道是自己魅力不够吗？再不说话，你可就到站下车了，那就成了他一辈子的遗憾。

你终于累了，累得开始恨他了，**他知道了你爱上了他，你却不知道他有没有爱上你。**你决定彻底忘了这件事，继续做简单的好学生、好女孩儿——可是腿却不听使唤，神秘男孩儿下车的时候，你的前腿居然向前跟了过去，后腿直接把你拽倒，“没事——吧——？”甜美的男高音扶了你一把。

好高好帅的哥儿啊，要不是梦中人出现，那今天就是有艳遇了，你跟自己这么说，可是还得礼貌以对："谢谢，没事，站久了，脚麻了，没碰坏你吧，怕被你的女粉丝群殴啊。"

"有个儿高的在……在，就没人敢动正妹一根头发。"他眨了一下右眼。

你才看清他那忧郁带孤傲的眼睛，高挺的鼻梁，精神的短发，他说话速度是那么快，快得有些结巴，"我，正？"

"你叫郑雯雯。"他用笑容掩饰着紧张。

你眨了眨大眼睛，**"我最擅长的事，就是伤害人家的自尊心。"**

他是校帅，体育班的，你留了QQ给他，就跑掉了，因为你知道，美丽的东西都是转瞬即逝的，时间久了，就夜长梦多，节外生枝。总之，今天是校帅主动联系的自己。

剩下的日子，你用"好好学习，天天向上"和"good good study, day day up"打发着自己的青春，在青葱的岁月里，不装蒜。

偶尔会看校帅发来的信息，原来他有名字，他叫韩帅，是学校里的短跑冠军，篮球技术自然不在话下，可是流川枫（某动画里的人物）应该跑不过他。

原来，他以为自己是你在公交车上脸颊红晕的肇事者，其实他已经注意你好久了：郑雯雯，高一（1）班班花，冰雪聪明，才貌双全的美人胚子，更是班主任重点照顾的对象，班里男生都不敢靠近你半步，他倒省了心。其实你还是好奇，那双长着女人眼睛的公交车男孩儿。可你决定永远不告诉校帅这个天大的秘密，可也许，他认识那个伪娘呢？

**距离产生美，是错的，合适的距离才产生美。**一个女人让一个男人倾倒，是既不远离他，也不投向他的怀抱，而是若即若离，让他找不到答案。你学会了主导一个优秀男孩儿的心。

**一个男人多爱你，不取决于他有多大的耐心击败了他所有的情敌，而取决于他为你拒绝了多少人投怀送抱而让别人成不了你的情敌。**他给了你安稳的生活。

把每天拆成零散的镜头，比方说早餐，比方说午休，每个镜头都是快进状态，于是复杂的日子再也没有了无聊，这就是集体生活的魔力，**谁都不愿做那个一般靠下的另类。**时光省略了太多的细节，转眼间要分班了，因为要分文理科。

韩帅是体育生，只能分理科班；而你是艺术班的镇班之宝，按理说只能报文科班。为了此事，他央求了你无数次。可是求着求着，韩帅转学了，读文读理已经跟韩帅哥没关系。本来你对艺术班也没多大眷恋，可是韩帅的离走，让你一下子做了决定，放弃艺术熏陶，就不信一定分不到梁老师的班里。

**你捕捉到别人心理的时候，其实人家已经忘记了——记性不好没有罪，因为没有说出来，就不需要负责。**

分班榜张贴那天，像刚入校一样人山人海，你却不是了一年前的公主。你看清楚了自己在新的3班，而暗恋着你，一直给你带来自信的阿猫阿狗阿猪们，统统没陪你分在新3班，而新3班的班主任依然是现在的胡老师。

后来你打听到，物理老师没有教3班，你花了整整一晚上的时间才止住丢了阀门的泪水。

入住新班级，像是参加一次会议，每个同学的名字都生疏而难听，他们爸妈就是那么喜欢搞些自己不懂的古汉语硬加在自己孩子的身上，以为这样自己的孩子就能成为他们失败恋爱的补救。有个男同学叫“存折”（崔哲），有个女同学叫“屁股”（裴顾）。

下课像散会一样，大家得以解放，你赶紧回去看“思琪”楼，你不甘心它成为记忆，你也不知道，里面还有没有梁老师和那一群备胎。**梦想和现实最大的区别就在于：梦里遇到困难，可以催促自己醒来结束梦想；而现实遇到困难，只能继续苦难。**

小学升初中的解散，还是天真无邪的；初中升高中，毕竟还有升学的期盼；可是高中分班，完全无准备，打得你措手不及，你总以为学校会做决定：前几天做了一个错误的决定，现在各位同学回到原来的班级。

你家门前有条臭水沟，很难过，哭了。

# 假装是一个失败者

高中的暑假是象征性的，如同一个立志减肥美女的用餐，聊胜于无。

韩帅转校了，你带回了他的肯德基优惠券，可是他没有带走你的一丝云彩。

安宁的生活更安宁了。

跟韩帅互不联系，是他主动给你的契约，可是这个傻子没有约定你不联系其他男生，或者男人。

你会找时间嘲笑一番上海滩二胡的迂腐，二胡也会告诉你他身边的同学都多么庸俗，也许你想从他那里找一点高哲飞远飞的落点，有没有折断翅膀。你告诉自己这只是因为好奇，对一个奇异生命体的好奇——对，就是好奇这么简单。

然而好奇害死猫，**有人寄生青楼，有人结伴白粉，有人肆乱常伦**。

普朗克弹着一手的好钢琴，也许你不认识量子力学的创始人；爱因斯坦是专业的小提琴师，也许这种非人类的行为只是偶然；直升机、坦克和计算器在一千五百年前已经出现，这一切杰作都来自一个叫莱昂纳多的家伙，对，就是那个达·芬奇，迪卡普里奥也是因他得名，相信你就不得不承认艺术和科学是近亲了。

你是古筝高手，你的艺术天分让你的物理成绩扶摇直上，不相信天赋的人，可以去问达·芬奇。

一直以来梁老师对你这个好学生器重有加，你也很争气，物理班里的第一名也很少旁落，甚至有人怀疑你有男生的智商。

可分班后，梁老师的讲台就被一个奔三的女老师霸占了，你怀疑过她跟梁老师在同一个办公室会不会日久生情。她居然也姓郑，连姓氏都要跟你抢。

**人跟动物的最大不同，并不是什么劳动啊，工具啊，而是：人类诞生后，弱者可以通过智力战胜强者。**

“郑老师，‘物质波’也是电磁波吗？”

显然，这位教物理的女老师，是不会探索《科学》杂志上都找不到踪影的超时代的课题的，而高中《物理》教

材知识的罗列，又这么适合提出这个问题，这样的问题不问是做好学生的失败；这样的问题不问答不出问题的大郑，是你青春的不及格——总之**有这样好的素材，你不给她难看，是有罪的**。

“‘物质波’是德布罗意提出来的假说，所以又叫德布罗意波，是一种全新的假设。你看书很仔细，谁还有问题……”

她转移话题了，你赢了，像“典闵屠胡”一样彻底地赢了，为此你开心了一星期。

你相信，自己的开心就是别人的不开心，可是大郑，却因为不知道你的开心而没做选择，她还没找到自己变成你敌人的理由，你没有看到这位中年人欲哭无泪的淡然。

敌人久了，便成为了你的老师，就如同把坏蛋都描述成为你的逆境菩萨——而大郑原本就是你的老师。

有好朋友的时候，你可以依恋朋友；而如果你有敌人，那就先依恋敌人，总之，你的生命要有个依恋，赵本山不是说了嘛，**没几个敌人你活不下去**，所以你的物理成绩依旧厉害。而罗大佑管这种依赖叫恋父情结。

你跟你的物理老师学物理，那是天经地义；你跟这位中年人学真性情的不表露，总是要比记个左右手定律要来得快。

当然你是一边学她的城府，一边骂她的虚伪：**面具戴久了，就成了皮肤。**

幸福都是一样的，不幸的方式花样可太多了。

你好不容易找到了这个依恋，就像驴子结识了大象，正玩得痛快——突然间来了两个消息，一个是好消息，另一个不知道是不是好消息，但的确是个不幸的消息。

先说第二个，郑老师因为私人原因，不再给3班上物理课了。

第一个，那个好消息是：3班的物理课由6班的物理老师来代课，而6班的物理老师，恰恰就是你昼思夜想的梁老师。

上帝又一次站在了你这边，你又成了上帝的选民。十年后你回忆老天爷的这次安排，都还没合上嘴。

想想你因为要学得大郑的光明磊落而自己冒险学会了心机暗算，实在不知道谁是失败者。

装傻的女人最聪明，**女人嘛，对别人就要狠一点**！

## 从一开始就放弃了结局

你可以给出一万个理由，不能跟老师在一起：比方说年龄，比方说他不能陪你去外地上大学，比方说他的女人不同意；可只消跟自己说一句话，就有了一万零一个理由让自己继续想入非非，这句话就是：**从一开始，你就放弃了结局。**

进入一个新环境，谁都可以受胯下之辱；熟悉了一个环境，谁都可以将兵胜主——可结局往往不是多多益善和得道多助。

那一年，你还是新生，表面上什么都可以输给老生；那一年，梁老师还是新老师，一个大学实习生，**他的谨慎让他可以做一万零一种形式的忍气吞声。**

初中时候，你们是老师的孩子，“子不孝，父之过；教不严，师之惰”，所以老师个个都是仇人，被抓一点错，就生怕被老师吃掉；到了高中，才知道老师有亲生的孩子，而你们跟他们亲生的孩子不再那样像了——高中的老师是继父，是后母，是远亲。

比方说，老师叫你的时候再也不会省略你的姓；比方说，你的作业本上再也不会出现一堆的评语；比方说，**你上课睡觉的时候，老师再也不会传达下雨收衣服的最新天气资讯的友情提示**。

而这个年轻人，他不是父母，更不是继父母，因为他还年轻；他也不是远亲，因为就住在很近的职工宿舍，是邻家男孩儿。

他，顶着发蜡雕琢的乌发，西装革履，一个箭步冲上了讲台——这样的职业素养让人怀疑是不是哪班的班草走错了教室。

“同学们好！”是一个瘦瘦的家伙，个子大概有倒数第二排同学的样子，皮肤有古天乐麦麸色的讲究，干瘦的脸庞，剑眉冷目，好像从日企来的一样。

“老师好！”夹杂着几句“帅哥好。”

让别人指出自己的缺点，那叫丢人；自己说出自己的无法面对，那不只是勇敢，更是智慧，因为结果会有利于敢于自嘲的人。

“这学年物理课我来跟大家一起学习，我叫梁志栋，有志让大家成为国家的栋梁。”

**“老师身上没能实现的愿望，我们帮你实现。”**

全场笑了，他也笑了，露出瓠犀一样的牙齿，可是他的笑容戛然收敛，像个爱变脸的孩子，历史上，应该有一个伤害过他的人开过他名字的玩笑。

步入正题后的日子就恐怖得要命了，孩子脸上的表情，人脑加电脑联机也猜不透：这个年轻人是那么愿意看到人家爬黑板时候的诚惶诚恐；那么愿意看到人家发考卷时候的胆战心惊。

他是孩子脸，**你爱上了猜他的下一个表情，因为总猜不对，一个变幻无常的人，总是那么招蜂引蝶**。

比方说，一向成绩很好的小琳因为水打湿了试卷，分数垫底哭得一塌糊涂，他却要人家一个如花的女孩子站在教室外面给全学校表演梨花带雨；为了展示加速度跟力道的关系，他把某学生的课桌摔个稀巴烂；他经常笑，可是他的笑容只在脸上，声带跟他的眼神很协调地拒绝温

暖——**他笑的时候，谁也不敢笑**。

而你，却天天盼着爬黑板，盼着考试——每一次都让自己了解他多一点，每一次都能展示自己比别人优秀一点。

**求知欲连接了真和美，却只有在表现欲的撮合下，才成就真和美的完全融合**。

没出两个月，你的地位就已经赶上了物理课代表赵儿，你开始跟赵儿一起去物理教研室开会，开始讨论课堂进行的方式，开始照顾差生和潜力股的学习。

他，你和赵儿，三个人开始一起就餐，他偶尔也漏一点自己上高中的故事，什么那时候学生单纯了，学习压力大了，自己怎样跌倒又爬起来了——都只关政治，无关风月，感情的事，他一字不提，只听说她女友离他很远，很远，也许是大洋彼岸，也许是天堂，也许其他极好或极不好的地方。

**他的身世越是模糊不清，你就越享受猜谜的乐趣**。

他毕竟还是本地人，后来打听到，他上学的时候很传奇，是学校保送北师大的学生。但是后面的话，就不愿相信了，说他跟自己的语文老师师生恋，女老师后来去了地球那面的美国。

那高一的日子，**因为一场最不可能实现的梦，而成了一段最美丽的回忆**。现在的你讲这段故事，嘴角还能上翘到眼角。而几个月前的分班，自己与郑老师隔绝。他，这个最会掩饰内心的男人，当然也不会单独跟你告别，你倒是几次走过物理教研室，重温一下最不可能成真的梦。

而今，就在明天，你的郑老师就可以回到你身边了，你想了一百多种他再次出现的样子：穿什么衣服，修什么发型，先迈哪只脚，跟自己说的第一句话，会用什么借口跟自己讲话——你不停地改变着这些组合。

你特意穿了一年前第一次见他时的衣服，用瘦了的上身，给自己一把自信。你又把脸洗干净了再干净，你知道他喜欢成熟，你跟自己吵了半天架，还是决定戴两个白色的耳钉在你红了的耳朵上，**就像乔丹穿乔丹鞋故意找罚一样，你要用违反校规来争取梁先生的注意**。

第二天，你来得很早，因为你知道他肯定在上课铃响

之前进教室，自己不能比他迟到。离铃声响起的时刻越来越近，熟悉的皮鞋声终于越来越响。

西装革履，打发蜡的短发！不苟言笑的脸终于出现了。他一个箭步冲上了讲台。

“大家好，这个学年的物理课我来跟大家一起学习。”他没有给大家跟他打招呼的机会，他环顾了整个教室，你能看出他是在找你。

**经常自作聪明的人，必定是聪明的，因为不管结果是美妙还是出糗，他都牢牢地记住了整个过程。**

“班上有几位之前跟我上过课的，这样大家更容易熟悉我讲课的方式了。”

你早已笑得合不上嘴了，而一天下来，你那白色的耳钉依然只属于左耳、右耳和你的三人世界。

他就这样回归了，你不晓得是不是在做梦，也许是一个没有结局的梦，其实**没有结局就已经理想化了，因为没有结局比恶劣的结局要好一万零一倍。**

# 寅，十八

# 窈窕淑女，好学生，好烦恼

## 女人何必为难女人

你经常做这样一个梦：一个长得跟你一模一样的人，抢走你的手机，占领你的卧室，夺走你的父母，甚至还跑到学校里迷惑你的梁老师。你问她为什么要这样做，她说：这不是梦，这是现实。

**买了保险，不出事儿你觉得钱白花了，可是也不能天天盼着自己出事儿啊。**

叫太平的大洋，有着全球85%的活火山和80%的地震，就像外国人管澳门叫马高一样，这一切都是异地的麦哲伦搞了个黑白颠倒——他来到这个大洋的时候，恰好无风无浪，就不负责任地把最危险的大洋叫了太平洋，而他当时只是幸运地驶进了无风带。水波不兴的海平面，其实水底下从未停止过暗流涌动，酝酿好的山呼海啸，只要一只亚马逊河的蝴蝶扇一下翅膀。

日子就这样从容地过着，海不扬波，风平浪静，转眼间高二就结束了，你也考了一个不错的成绩。又过了一个象征性的暑假，而冥顽不灵的你还是没弄明白好坏大学的

区别在哪里，你在乎的只是，不能比上回成绩差。

**高考不会等你想明白一切才会跟你约时间**——高三来了，另一位不速之客也来了，一个插班生，女生，来自东北黑龙江的冰城哈尔滨，松花江严冰化尽的时候，她就回归遥远的小莫斯科。有人说哈尔滨是东方巴黎，而哈市的姑娘穿着都是向西方巴黎看齐的。

她一下子就坐在了你的正身后，老班的意思是，好学生在一起，沟通方便。但是他不知道，**三个女人一台戏，优秀的女人，两个就凑够一台大戏了**。

女人何必为难女人呢？你对这位冰雕玉刻的美人温文尔雅，关心备至，从食堂到卫生间，你都给出了最详细的观光解说，先君子后小人。

第一战场当然是物理课了。从前你觉得好多简单的问题，都是那些智商一般却爱出风头的女式男生来自欺欺人的，不给他们表现机会的话，这课堂死气沉沉的也没法进行。可是现在的你，只要课堂上老师有提问，你一个不落地要举手要表态，一副事无巨细的认真态度，告诉你的主人，你能够以理服人。

而这位秀丽端庄的美人，却总能在你累的时候，把难倒全班的老怪，庖丁解牛般游刃有余地娓娓道来，而那清脆的银铃声，更能把后排睡觉的男生唤醒。

如果只是课堂上也就算了，下了课，老梁居然找她学习哈市怎么上物理课，如果那边的教育好，她干吗跑到我们这里来呢？

也许，来了新鲜的血液，都一样，插班生嘛。

**有第一次，就有第二次，当然这是说的坏事**。你允许了老郑的第一次被新鲜血液征服，也就允许了她一步步抢走你在班里至上女王的地位。

那是一次物理考试，晚自习最后一节课讲解答案。试卷的最后一题是关于离子流的压轴题，全班只有你一个人拿到了跟标准答案上一致的解读。可是她站出来，说这道题答案错了！老郑只好带她去教研室跟其他老师商量。

十分钟过去了，物理教研室的灯还亮着。十五分钟过去了，物理教研室的灯依旧没有熄灭。

你悄悄地走到了熟悉的教研室的门口——其他老师早就走光了，只有老梁一本正经地跟她面红耳赤地争论着。当老梁要她搬把椅子坐在自己身边时，你再也受不了他的背叛了。

**得理的时候你要讲仁义道德，理亏的时候你就讲随心所欲——只要不用一套价值观拴死自己，其实做个坏人没那么难。**

你用胶水一滴、一滴地封住了物理教研室的门，用胶带把门缝缠了又缠，接着去了走廊拉下了整个楼层的电闸，再跑上去拉响了物理教研室东侧的报警器。

你在楼下看着人们涌向了物理教研室的门口，你才放心地回到了家，可是这一宿，你在床上哭成了泪人。

第二天，梁老师就被学校辞退了，你们换了一个新的物理老师；插班生也不再在你们班插班，应该是去了别的学校了，或者提前回到了冰城。

而学校，并没有公布调查结果，纵使调查，老班也不会让他们影响到你的学习。并且老班跟班里每一个同学单独约见，告诉大家，以后不准再提起这件事。

其实领导还是知道，老班不只是为了息事宁人，很明显他不想让别的人再受牵扯。一个有师生恋前科的男老师嘛，走了有什么值得珍惜的。

**你后怕了一阵子，也就心安理得地做坏人了。**

也许你并不比谁差，只是有些人出现得早，有些人出现得晚，出现得晚的，总得有那么些时间享受人们的喜新厌旧。

# 迷路的千纸鹤

你迷恋上了演算，不管是数学的、化学的，还是物理学的，只要是别人认为无聊的加减乘除，你都能成功地找到高人一等的成就感。

你清楚得很，这跟班里那几个通过《魔兽》和《梦幻西游》来证明自己智商高的方式，没有天与地的区别；不同的是，你没兴趣跟笑话你书痴的人解释，因为他们不值得解释，**有一个让自己与世隔绝的活着的方式存在，就已经是天堂了。**

你还没弄懂大学是个什么地方，但你相信不能做一个平庸的人，你已经失去了理论与对抗的耐心，梦自然被染得跟全天下的好学生一样红——高升，获取更多的崇拜。

隔壁班的那个高个儿男孩儿总是在你窗前晃动，却总是偶然地从你背后出现跟你打招呼——他在等着明年6月后的你给他施舍，也许他认为你也在等着他的施舍吧，你笑出了声音，笑三年前的自己。

人家说，认真的女人最美丽，一个爱上了演算的女孩儿，认真起来成绩当然美丽得耀眼，**可贵的不只是优秀，而是每一天都在更优秀，**每一次摸底考试，你总能在排名上上升几个位置。

你知道**爱情都是谎言，只是生理的装潢，是把自尊抬高了价格，蒙一把卖出去，低价回收的时候，看包括自己在内的哪个倒霉蛋哭得最凄凉，玩期货，就得愿赌服输。**

你开始懂得，都三十出头的小姨，保存那一瓶瓶一罐罐的雪花膏是为了什么——为了尊严。就算天下再不偷腥的男人，心理也一直在出轨。

女人为什么要老去呢？能想这个问题，就意味着你开始成熟。如果自己像小姨那样皮肤松弛、人老珠黄了，那左后方的段公子，还会每节课都投来爱慕的眼光吗？

你没有给他任何拒绝的暗示，因为你搞不懂，男孩儿爱女孩儿，到底爱上了什么，至于自己喜不喜欢他，你还没考虑过这个问题，或者说，他不值得考虑。

奥数竞赛你没拿到名次，可是物理竞赛你拿到了全国一等奖，你才发现你的“夏羽杯”已经满是尘土。是啊，那是多么单纯的年代啊，你的学习委员，早已被你远远地甩在身后了。如果，如果当初跟他在一起了，现在应该没有第二座奖杯到来了吧。还有梁先生，不知道他人身在何处，这座奖杯，一半属于这个中年男人。

**放不下的，通常是被你伤害了，却没惩罚你的人，你很渴望惩罚能到来，就像有些人盼着失败来临，却总得到成功。**

韩寒的七盏灯笼照亮了他的前程，而你很环保也很节约，一桶胶水，拉了一把电闸，就换来了辉煌的前程。所以，你觉得，做人，不如做事，上帝选民的解读和天才的憧憬，那是小孩子的故事，可是就有人执迷不悟。

拿到荣誉证书的第二天，你早早地来到教室，桌子下面停着一只千纸鹤。上面有秀气的七个字："冬雷震震夏雨雪"。其实不用看字体，用指甲也能猜到是谁写来的：后面隔两排的小白，一个没胆量的差生，走在门口看你这里一眼就面红耳赤。

照你的性格是不会交给老师的，因为你唯一信任的老师已经被自己赶走了。你也不会毁了这封信，就留着吧。你放在你的双肩背包里，放学回家后，压在了所有图书的最下面。

学校终于决定保送你参加上海大学的自主招生。无所谓了，去就去吧，不就是答几道题嘛。就像剧本中写的一样，你又通过了这次考试。你原本可以不参加高考的，可是，你已经考试成瘾，愿意继续待在这个可以演算的地方。

**路走得再心不在焉，把握住了最后的冲刺，就把握住了一切。**

# 句点轮回

对你来说，高考，是再习惯不过的一次普通测验，更何况上海大学的后备，已经让你没有了一丁点儿压力。

**跟人打交道，总是那么千篇一律，跟试题打交道，跟上帝打交道，其乐无穷。**

最后的考试考英语，做到一半的时候，你开始想：没了以后的考试，生命的寄托在哪里？

你把试卷放一旁，开始在草纸上罗列生命存在的意义。

替父母出人头地？不辜负老师的期望？为了未来的生活过得更惬意？

**你不是父母的财产，你的生命是独立的生命，你存在的价值跟孝道是两个概念。**

老师的期望也只不过是看到了有一方要赢棋了，他给了几句无所谓的支招，来证明自己的判断力准确无误，幻想一把是自己在赢棋。

两个监考老师一男一女，男的走到你身边，看着你草纸上的中文，觉得自己活得太年轻了，真应该活到老学到老，世界上什么事情都可能发生，什么人都能遇见。

你对他善意地嘿嘿一笑，**继续否定刚才问题的下一个答案**。

未来的日子，没有精神寄托，算什么日子？为什么没精神寄托了呢？因为最相信的人，做了最让你不值得信任的事。你猛然抬起头——监考老师比老梁大多了。你收敛了笑容，监考老师吓得离开了你的考桌。

**理想主义者淡然面对现实，而不是逃避现实，用谎言填充不如意**。

你咬牙切齿起来，老梁，这个龌龊的男人，一定要活出个样子来给他看看。你拿出试卷继续答题。这回，你没有躬亲示范给顾叔叔看一回迅雷不及掩耳——到铃儿响叮当的时候，你在本不该画句号的地方画了足够圆的圈，离满格还有四分之一炷香的距离——这是英语，不用画圆圈，是句点。

在画句点的功力上，你又输给了阿Q。

已经三年没有好好睡觉了，你准备睡他两个星期，省

得以后上数学课再犯困——而其实，再也不用去上数学课了。

如同习惯了肖申克监狱的布鲁克斯，睡醒了的你受不了让人恐怖的自由，无所适从。就连那封压在考试资料最下方的千纸鹤，你都懒得动一动，它的魅力诱惑不了你的好奇心。你有了一个很荒唐的想法：也许缺憾的人生才有存在的意义，因为它有期待，有担心，有动力，就像被咬了一口的苹果，才能创造传奇。缺憾，你指的应该是没写完的作文。

三年前，你为着作文没写完，做了回林黛玉；三年后，作文没写完，却像隔壁李家的表哥要吊丧一样，再悲切的故事，一切跟自己无关——因为你心里不再装着谁。可是总有个谁心里还装着你，不只是装着你，还正式地装着你，**他把自己对你的痴心，权当了你对他的痴心**。他就是韩帅。

虽然，这已经不是第一次在过生日的时候，有人送你那么多红玫瑰，更不是最大的一束；可是这

# 卯，十九

# 花季雨季，毕业后一起回家

天下最漂亮的女孩儿。”他，梁伟，说你在他眼里是一尊奶瓶，是就是吧，奶瓶——流线型造型，的确很可爱的。

“14是最不吉利的数字。”其实这个刁难的问题，你也没有答案。

## 美，就是陌生中的熟悉

两年前，他以你男朋友的身份出走，两年后高考完毕，他来找他的女朋友了。而恰巧，现在的你，心里真的没有别人。你接到他电话的时候，还是欣喜了一下，毕竟你恢复了公主的身份。

**青春期的少男少女，像是泥娃娃，今天像爸爸，明天像妈妈，变换着长相给你制造新鲜感。**

你开始回忆他到底是个什么样子：高高的，黑黑瘦瘦的，害羞而不爱讲话的，细眼睛还是圆眼睛，你实在是记不起来了。

约好了在西城那唯一的肯德基见面，从前应该也来过这地方——对，是来过几次，**不是给亲人当宝贝，就是给同学当灯泡。**

你穿了校服，和平日里的运动鞋，扎了个马尾朝迎宾路走去。

一个县级市能有多大，两首歌的工夫，你看到了色眯眯的山德士大叔，跟对面加州牛肉面的老李应该是亲兄

弟——一个高啊高的，早已经在门口对着你笑起来了。

**美，就是陌生中的熟悉**，它是一个圆环，它的半径设为 1，期望实现，和谐圆满就是美；从美往里走一点，看到期望又失去期望，就是悲剧，悲剧是美的缺损，半径小于 1，可以为 0，受众通常会惋惜；这个圆外面就是丑，接近圆环的地方是谐，因为距离近，受众能理解它已经不是原来的期望，只不过很容易就能回落到美，它的半径大于 1，却不能太大，因为弄得懂差距，所以轻松愉悦，以至于会笑。

他就是韩帅，的确就是韩帅，一个熟悉的名字，却陌生的装扮：阿迪达斯的棒球帽，阿迪达斯的 T 恤，阿迪达斯的短裤，阿迪达斯的鞋子，阿——哎——疯（iPhone）的手机，比韩国人还帅。他摘下了白色的苹果标配耳机线和蛤蟆镜，露出了浓眉大眼，皮肤嫩白得吹弹可破，你觉得是李玉刚老师的贵妃，就是不够胖。

他微笑，露出了洁白的牙齿，像东邻居某宇宙超级大国领导人一样，举手致意，然后盯着你，朝你走了过来。

“这儿呢！阳光灿烂的日子，小心把牙晒黑了。”说着笑嘻嘻地把头上的棒球帽扣在了你的头上。你用处理马尾的时间来低头藏了一下自己的害羞，看清楚了，他的眼珠，是长眼珠，有些似曾相识——对，是炎亚纶，可是他比炎公子高得可不是一般点。

你跟着高个子男孩儿往肯德基里面走。

你坚信爱情必须是一见钟情的，可是跟韩帅的偶遇，并不是美丽的邂逅，而是他的自作多情，可是你长大了，懂得了辩证地看问题。**辩证地看问题，就是把确定的东西搞得不确定，让事情无法进行**。没有啦，是让原本往死胡同进行的事情脱离死胡同。

“不就是在门口晒了五毛钱的时间嘛，上好的美女都是这么等的，大不了本尊埋单。”你不知道这句话会不会博得帅哥的赏识。

他笑而不语，这是帅哥向自己征服了的人炫耀的方式，却要标上自己有容乃大的胸怀和沉默是金的智慧。

“欢迎光临！”还没讲完，你已经被服务员催着去了

前台。

“大帅哥猜我允许你请我喝什么？”你歪着头，斜看着他，人说狗大呆，人大傻，看他这两年不见长心眼儿了没。

“如果是在星巴克，我会给你买杯卡布奇诺，我亲自给你雕琢一颗爱你的心。”他眼神坚定，坚定得让你有些招架不住，如果这时候他有非分之想，你想你是没办法拒绝的。

“能够买得到的心，那叫心脏。”你觉得这个问题刁难他，他不会生气。

“麻烦美女来一个双果圣代，和一杯可乐！”他没理会你的问题。

“我说接受圣代了吗？”你只是说这个问题，并没有一丝抱怨。

“因为两个果子，够色情……”他学会了调情。其实**谁都可以讲腥膻的笑话，只要你有足够的信心。**

你以为你爱上了一个懂得浪漫国度的内涵笑话，其实你管你允许的这个人做出的行为叫做可爱。

他说他一直在等着你，拒绝了身边的好多懂得欣赏他内心世界的女孩儿；你说从他走后自己就陷在了老师和父母的监督中，每日三点一线，对感情已经麻木到绝望，再也不想恋爱了。

**骗别人的时候，肯定是要找个理由的，可不幸的是，当这个理由说出口时，你自己先相信了这个谎言。所以，撒谎的时候先要跟自己说一万遍“这是在骗人”；其实也不必，你的欺骗多了一份成功，也算是业绩吧。**

韩帅全家搬到了省城，他体育高水平加了分，这个高考他很顺利。大城市的孩子，更懂得怎样保养自己的皮肤，懂得怎样保养撩动少女心波的气质。

他跟你谈了很多积极进取的理想主义，**你突然一下子觉得老班原先絮絮叨叨的东西成了真理。**

你们还是聊了足足三个钟头，你没敢让他陪你逛商店，因为你怕会走到下一步。

你硬生生拒绝了他送你回家，自己却后悔地独自回到了自己的小窝，一下子躺在了女儿国的席梦思上，肯德基

门口发生的事，像电影一样放个不停。

你抓起手机，写了一万字的短信给他，却发现这个作文高手的情书写得那么虚情假意，开始一点一点校对、删改，短信就从一万字变成五千字，五千字变成一千字，一千字变成一百字，最后在梦里变成三个字。当妈妈大声喊你起来吃晚饭的时候，你才发觉，那三个字居然一直安静地躺在草稿箱里。

## 女人你还是心机重一些好

**聪明的人，你别指望他满足，因为他习惯了征服，就像奸商对多赚一分钱的嗜血。**

你觉得上海早已经被你征服，可是现在自己被曾经忽略的人征服，所以你跟着这个帅哥，填报了一堆北京的大学。你特地向上海的糊涂说了抱歉：

“小女子虽身份微贱，但也知一女不能侍二夫，他日有缘再会。”

那边传来了一串酸葡萄，“自古多情总被无情伤，笑你入错行当又嫁错郎”。

**糊涂早已不是从前的糊涂，他比从前更糊涂**，他选择了继续他的音乐，当然不再只是二胡，什么钢琴、提琴、口琴、六弦琴，琴琴精通，从此他成了“禽兽”；男声、女生、和声、号叫声，处处留声，他成了“畜生”。

你也知道玩乐器的男孩子，背后一定有一个团的女子爱慕，并且男生玩乐器就是因为他要一个团以上的女孩子来仰慕自己。而糊涂他，他却无暇多看身后那一群真粉丝，他说要等到自己出唱片的时候，再去照顾这些胡乱崇拜的脑残孩子。

你也绝对不相信二胡是好孩子，因为他经常跟你讲，宿舍里，男同胞是怎样集体对付顺便来坐坐的女同学的。

你总是听得既害怕，又向往，向往得自己不敢再听。

韩帅，他要做好男人，在征服女人心理之前，他是很耐心，何况他认为自己的是真爱。人家说，**绅士，就是有耐心的流氓**。可是帅哥毕竟是帅哥，在一群女孩子面前表演大灌篮的时候，灌倒了篮球架，幸好重伤的人不是自己，自己只是脚腕受了点轻伤，可这已经打破了陪你暑假一起去首都的梦想。

**天真就是：你并不觉得自己天真，只是觉得全世界都天真地不会想太多。**

你的学校是名牌大学，开学要比韩帅的早那么一点。大学的入学仪式远没有走入高中校门那般骄傲，因为女王已经不屑，再美的美女挺着洁白的胸膛瞧也不瞧你一眼地走过你身旁，你都会还以视若无物，因为你觉得自己拥有了一切。

当然入大学还不免要遇到高中的同学，他们会无聊地告诉你：“别把自己当新生，就当自己已经在这里生活了好几年了。”难道这个校园是拖累人智商的吗？因为这个无聊的人，你更加瞧不起这所校园了。

**你对每个人都友好，因为实在找不到够资格的敌人**，而也许真正的敌人还都躲在阴暗处吧，比方说，韩帅的班级，韩帅的学校，或者韩帅学校的附中，没准这个恋旧的家伙会被另外一个自己勾走呢。

你要把韩帅介绍给整个自动化系，让全学院的男生成为他的情敌，让整个班的女生羡慕你。让她们这群没爱情经历的丫头们知道知道什么是郎才女貌加女才郎貌，让她们知道知道什么叫连想也不要去想，因为想也有罪——特别是高颧骨雅翰，别看她自觉长得赛西施，真正的好男人，爱的是有智慧的女人，对只有相貌的花瓶短暂看几眼就没了兴趣。进宿舍的时候，就她一个人，在摆弄她的iPhone。

“欢迎！欢迎！我帮你拎吧！”你一进来她就站了起来，抢过你的行李，“我叫雅翰。你一定是雯雯了，咱们全学院的最高分，人生三大悲哀：遇良师不学为三大悲之首。”

她银铃一般的声音载着大观园小姐的引经据典，让你辨不清这是女鬼还是女鬼转世，你不敢接近，又不敢与她为敌。

“最高分？我还真不知道，”你看了看她鬼灵精怪的眼睛，“宫廷剧看的还是少啊，女人你还是心机重一些好。”

她俨然一个薛宝钗——而你自己呢？你可不是无能的林妹妹，那能降得住宝姑娘的，就只有高洁的妙玉了——妙玉的结局不怎么好，自己还是史湘云吧。

然后就听到一阵傻傻的笑声。以后她以妹妹称呼自己，而你很无辜地被人叫姐姐了——其实大几个月而已——第四大悲哀。

**你是上帝的选民，可你不知道上帝选你来做什么。**

雅翰姓方，来自水乡扬州，太白有诗：“烟花三月下扬州”，于是你总把这个美人儿跟风月联系在一起，而她那一袭披肩长发和豌豆一样精致的双眼，加上一管小巧玲珑的鼻子，就是女人见了，都想吃一口。

**而其他的舍友，你相信自己早晚能记住她们名字的，**有了名字，就有了一个人性格的缩影，所以很快你们都有了花名，就是外号——不用多说，你当然是那个吸血的了。

好累啊，干吗人要有名字呢？按生辰排行多好？老大、老二、老三、老四，数字化、信息化、智能化的时代，哪方面也不能落后。

今夜不能想太多，因为明天还要做太多，似乎已经无暇埋怨，你选择了原谅——埋怨着，原谅着，你睡了，一夜无语。

## 忘记是为了一切都只如初见

大学是享受青春的地方，你早已不记得怎么办理看似复杂的入学手续，韩帅也来到了北京，入住了他的大学，你们成双成对，两所大学的每一个角落都见证了你们纯洁唯美的爱情——青春是享受生命的地方。

书中见到的大学是象牙塔，每个老教授都是东方朔一样的怪物；而事实上，**课堂上每个老师总喜欢搞神秘，讲明白教材上的东西算是失败的样子**，自习室和图书馆成了大学的主战场。

**怕自己被质疑，就展示秘密，有异议也是别人的问题——出卖通常来自于证明自己。**

那些成双成对上自习的人，一对比一对害羞，却又必须表现得跟韩剧里真正相爱的人一样相爱。

他们也不想一想，没有冰冰姐那样的大杏眼，你有什么资格说“爱”这个字？可是冰冰姐对外一直说单身；没有爱玲姐那多比干一窍的心，就不要提“爱情”两个字。恰好，这些你都有。

人家说“嫁鸡随鸡，嫁狗随狗”，韩帅算是娶龙随龙娶凤随凤，体育生的他，经常跑过来陪读——而事实上，龙和凤都是雄性的。

你们成双出入，羡煞鸳鸯，去了每一个可以让你炫耀的地方，图书馆、食堂、自习室，还有到处都有的随便接吻的树林。

虽然室友们也有用行李箱带男友溜进宿舍过夜的，韩帅也好几次打扮成电脑维修工光临过你们的寝室，可是你只准舍友们羡慕韩大帅哥局部的优秀，你不准他在宿舍留宿。可是你的**电脑每周都要坏个两三次，别说门卫，就是大门也察觉出他来者不善了**。这一回门卫王阿姨要韩帅的工作证，你好磨歹磨算是让韩帅进来了。

你准备要在众人面前狠狠地批一顿这个小白脸多么的没用了。踹了两脚寝室的门，却不见有人。你开始害怕起来，但还是拿钥匙开了门。

**每一个骗子，都会说自己被全世界的骗子骗过，因为有了可怜兮兮的扮相才能掳获同情——有了同情，再荒诞**

**的行为，都是正常的遭遇了**。

韩帅像做了错事的孩子，紧跟在你身后。你本只是想一脚踢开不怎么挡路的凳子，可是偏偏凳子顶在了桌子腿上，你被凳子踢了回来，摇摇晃晃头碰在了床的铁脚上，疼得你低声哭了起来。

韩帅抱你入怀，你萎缩成一个小团。韩帅越抱越紧，你知道大事不妙了，可是已经没有反抗的冲动了，只是很怕。

韩帅把你脸羞得通红，他抱着你关上了宿舍的门……

世界好温暖，你开始注意女生们的屁股了，你想从中找出哪些是女孩儿，哪些是女人。曾经，觉得婚前性行为是一种罪过；可是慢慢认定了有刚才自己想法的人，纯属自命清高：**女人，只是一个市场问题，输了的，就不要乱扯借口来诋毁胜者**——“砰”！你对新女人的解读还没完结，被撞得差点摔倒——抬头一看，正是你的韩帅。

“你是故意的！”

“别说故意，这叫特意！”他这个满载的猎人，继续他凯旋的宣言……

韩帅身边，有一张面孔彻彻底底亮瞎了你的双眼，俊秀是有几分：浓眉直扫额头，古书上说，眉浓必有大才；个头远没有韩帅哥那样出类拔萃，可是到底是什么让你的眼睛离不开这位同学？也没看出他哪里长得像吴尊，哪里长得像汪东城来，而那般熟悉，却抓你心挠你肺。

“他是我好哥们儿，高哲飞，大都市上海来的。”韩帅终于讲话了。

**出去是为了回来，离别是为了重逢，忘记是为了一切都只如初见。**

高哲飞和上海在你耳朵里响了八十遍，这也正是解答你迷惑的答案。你早已结巴得说不出一句完整的话来。还是高公子先开口了：

“美女幸会！ How do you do! ”他在诡笑的时候，挤了下自己的右眼。

“How do you do! Nice to meet you! ”你们用怪异的对话，掩饰着内心的慌乱。

“Nice to meet you, too.”他讲这句话，是绝对不会出乱子的。

“Nice to meet you, three.”你终于用机智让紧张的气氛缓和下来，可瞬间，韩帅成了外人。

其实这时候站在韩帅身边的，还有他好几个刚才一起打篮球的哥们儿，都一一打招呼告别了。

你掏出了心爱的4S，想从乔布斯身上找点摆脱命运安排的技巧，因为听说4S，就是For S, For Steve Jobs。

**一个自命的胜利者，是不懂女人为何变心的，他依旧活在昨天的胜利里。**

“世界上好多的事和关系，都是在你不知不觉中有了质的改变的，我很理解你现在胡思乱想的心。”你不知道韩帅这句话的用意何在，会不会是他知道了一切？

“世界上最不缺的，就是心甘情愿被欺骗的傻女孩儿，只要能看到男人说谎的勇气，因为男人的勇气，反映的是女人的魅力。”你一点儿都不想提刚才看到的一切，听到的一切。**有些事你不愿去说谎，是因为谎言太小。**

"那什么是男人的魅力呢？"难道世界上的花美男，都这么缺乏被赞誉的自信心吗？

**"男人的魅力，就是自信心，全世界都不在乎他的时候，他还是那么爱惜自己。"**你把话题转移到了韩帅没自信上。

"当没有条件的时候，就创造条件，世界不在乎你的时候，你就征服世界。"他坚信自己是这个世界上最善于征服的英雄。

"你要我做你征服世界的其中一部分？"你终于彻底掌握了话语的主动。

"是作为我的一部分来征服世界。"他要你属于他。

"可是红颜祸水啊！让才女变主妇，你以为现在的你大功告成了吗？"你有些后悔自己的懦弱了。

"至少，你已经替我想到做家庭主妇了！剩下的，就是怎么做主妇的问题了。"显然他低估了眼前的形势，高估了自己的地位。

"我这样被征服，也太容易了，我想重新来一回。"

你用那个经典的桥段惹韩帅。

“怎么个重新？”他其实不熟悉“重来—分手”的寓言。

“就当现在我们刚认识。”你庆幸他终于上钩了。**我们常常以同情的心态鼓励那些输不起的人，可是谁愿意理会那些赢不起的人啊！**

“好啊。美女，你好，你穿的衣服跟我女友的一模一样，我叫她过来看一下，你给我五分钟的时间好吗？”他依旧那么自信已经拥有的东西。

“那要看公子的表现了，智商情商逆商，无商不‘尖’；爱情爱情爱情，‘忘’法殉情。”四分钟过后，你给韩帅一个媚眼，就昂首走开了。

**撒个谎容易，可要把这个谎圆好，往往需要一百个谎言——现实的优点就是：稳定。庄生迷蝴蝶没什么不好。**

骄傲的韩帅不知道，**好多分手，就是用重新追一次的玩笑，最后成了真的陌路的。**

他以为自己编好了最动情的短消息：

一

每个男孩心中，都有一个女神。

在金风玉露相逢的刹那，女神妆为凡人

勾去了我一生的魄魂。

我感叹这揪心的幸运，

三年的等待，换来了憧憬明天的责任。

如果，我邀请你百年后，埋在韩家的祖坟，

请你不要让一个纯情少男心伤，

因为他在一千天以前，就在规划毕业后的雄心。

二

我没有为你付出过什么，

我说马路上你靠右边，这样汽车来了先撞我。

可是没有哪辆汽车犯贱来撞我。

我说做你的保镖陪你身边保护你，

可没有哪个犯贱的流氓给我英雄救美的契机。

我说遇到困难跟我说，可困难在你面前都犯贱地被轻易摆脱。

我没有为你付出什么，只是**犯贱的人抵不住被允许的诱惑**。

此时的你，只想赶紧问问糊涂，高哲飞究竟是怎么回事，他怎么出现在北京的，还跟自己的男朋友搞在了一起。

你看到了“毕业后”三个字，就回了韩帅七个字：“毕业后一起回家。”

虽然，这已经不是第一次在过生日的时候，有人送你那要要红玫瑰，更不是最大的一束；可是，这

# 辰，二十
# 花信年华，说出来是为了不忘记

天下最漂亮的女孩儿。”他，梁伟，说你在他眼里是一尊奶瓶，是就是吧，奶瓶——[illegible]，的确很可爱的。

“14是最不吉利的数字。”其实这个为难的问题，你也没有答案。

## 去也匆匆，来也冲冲

那年，你16岁，他也16岁，他跟父母去了**澳洲，其实就是澳大利亚，用港台的词汇，总能显得自己跟港台的富豪有瓜葛，高贵些**。

高哲飞几乎反对父亲和母亲的任何决定，只要他有权利投反对票。他觉得爸爸不爱自己，他更爱比自己大不了多少的周阿姨。他觉得妈妈的爱，更像是非要给朋友看看自己教子有方是什么样子。什么样子？通常就是恨铁不成钢，而高哲飞阳奉阴违也算是给伟大的母亲留了面子。

**讲完一个秘密，加一个“不要告诉别人”；他跟别人讲完你的秘密，加一个“不要告诉别人”——“不要告诉别人”，便成了秘密的内容**。

高哲飞以一个华裔的身份，轻轻松松就进入了韩帅的大学，他要离父母远远的，可是又要有个机场随时欢迎父母来看自己，而上海的机场和上海的一切，他已经烦透了。当然这些都是糊涂来北京后才出卖给你的，因为你在“童年”的时候输给了这位高人，他不回答你的问题，你还真

不敢问，似乎问了就是犯错。

糊涂来北京着实有些蹊跷，他不选在“故都的秋”**用单反相机看着无辜的香山红叶，发一下文艺青年本职的无聊牢骚**；更没选在“北国之春”，**借日本的歌词在扬沙天气里说着春回大地福满人间强奸民意**；要是赶上冬天，还能赶上老北京过节传统文化新瓶老酒的吆喝——他在知了热得天天叫的三伏天来祖国的首都了。

说好怨不接待的，**你的一句鼓励，可能就废了一个艺术家酝酿了几十年苦思与颓废的浪漫习惯**，你要反对糊涂所有的想法，那才是坚定一个艺术家别具慧眼信念的有效做法。琴兽来了之后，你还是得去太阳底下陪着他和高哲飞晒个够呛。

这两男一女的，不妨带上几个姐妹一起玩吧，而眼下留校的，只有雅翰一人。

刚考完高等数学，你却要跟人家说自己读大二了，似乎你也感觉到了：大二的女生没有大一的可爱，**让别人说自己成熟，倒不如自己说自己不再年轻。**

才刚出校门，就有一把吉他夺走了你去南站的战略安排——糊涂不是三点才到北京吗？

“你们家岳二糊涂，不会就是这个样子吧？”阿雅似乎对眼前的吉他小伙儿有些不屑。

你看了这小伙子一眼，的确跟四年前的二胡没有一点雷同，可是你多看的这一眼，还是被这个艺术气息浓浓的帅哥抓了个正着，吉他声一下子高了一百分贝。**处处在证明自己的人，正好说明了他认为自己需要证明——他不看好自己。**

“比这样子好，你就嫁人家？”你回过头来打趣阿雅，可好多时候，说者无心，听者有意。

“要嫁也不能嫁弹吉他的——自诩搞艺术的人会龟毛（无聊）得让人吐血。”

阿雅这么一说，你倒是开始期待毒嘴的阿雅跟不可一世的糊涂吵架会有怎样的收视率了。

“那嫁运动员呢？”**本来这个问题属于不需要任何人意见的范畴。**

“运动员大身板儿，小心眼儿——你敢问，我就有义务讲。”你是阿雅在宿舍遇到的第一个人，总有说不清的情愫，不知是爱是恨，是嫉妒还是怜悯，她的话总是想听不敢听，但是你确信你们之间是姐妹情谊，不是爱情。

“除了这个运动员，我就没赢过你，不知道哪天我们反目了，你会让我输成什么样子。”你知道有人会跟你反目，但不是阿雅。

**“爱上一个人，是一个疯子对一个傻瓜的幻觉，坚信这个傻瓜原本很聪慧，以后会成为大英雄，可事实上，往往最后自己这个大英雄也变回了傻瓜。**人们眼里的优秀，在阿雅这里不值钱，所以你输不了我什么。”她说得很像一回事。

“撒谎一次，你会死啊？” **秃子面对头上的虱子，你先捂住自己的眼睛，再下命令不准别人看。**

“把实话说出来，是让你知道有人懂着你，关心着你，你活得一点也不孤独。”

韩帅见你的时候，总喜欢带着高哲飞，好像是告诉你，他认识这个华侨，能给自己加分不少。你不知道怎么跟韩帅解释，高哲飞和二胡也是认识的，还有自己——**地铁里还没找到几个对自己一见钟情的，南站就到了**。

韩帅这次没有带上高哲飞，因为韩帅他迟到了，高哲飞却在出站口笑眯眯地等着你们两个了。而你，总算是逃脱了监控。

**互相欣赏，那不是爱情，那是自尊的交换；互相关心，还不是爱情，只是一段亲情；互相体谅，那是信任；互为自己，才是爱情**。

他一身的运动服，似乎要告诉你，他是你男人的兄弟。你努力找他“童年”的眼镜，可是却发现了一双上辈子见过的眼睛，汪东城那样大而长的眼睛，甚至一个恍惚，你都以为**到了南半球的人，都会把眼球染成蓝色**。

有人说，不是青梅竹马，就别叫爱情，而你始终没有去要“高人”的微信号，你怕的不是韩帅哥的发觉，而是自己真的会相信。

“嫂子打扮得真时髦，还买一送一？”他有义务缓和

当场的气氛。

在这个人面前，你是没有一点勇气拌嘴的，“还好了，都是成人了，讲这些腥膻的，可不见得新鲜。这是我妹子阿雅。”本来你带阿雅是对付愤青糊涂那“琴兽”的，可是没想到半路杀出个程咬金，“阿雅，这是二胡的好朋友，高哲飞，快叫假洋鬼子。”

“你混哪边的？”阿雅心急口快。

“**好好地活都很难，干吗要混啊**？”高哲飞一脸错愕，以为自己的秘密被发觉了。

“我问的是你混哪里的血？”你们姐妹俩哈哈大笑，被欺负四年了，今天扬眉吐气了。

“一边混海淀，一边混丰台，就是传说的‘海丰’。《白蛇后传》记载，雷峰塔当年压了白娘子，观世音怪法海多事，于是把法海打到龟壳里，并且不准它入海，就诞生了今天的土鳖，所以今天我们看到的鳖的头，都是光光的，那就是法海。”

男生输的时候，就来腥膻的，然后力挽狂澜，反败为胜，你拿他什么办法？

“好怀念平安夜我们‘视而不见’的游戏，你是女主角的，今天我们就在这个更大的舞台重新表演一次，掌声有请！”你们的决定是不理这个色狼。

**上海来的高铁，很少有晚点的，因为福贵所以高贵。**

留了胡子的糊涂，还是在第一时间被你认了出来，背后背一把看似熟悉的吉他。

“帅哥是来踢馆的吗？”阿雅总能一语惊人。

“你们门口那个和弦都按不稳。”高先生想证明自己也是个中好手，可是他却出卖了自己——他不止一次去过你学校，甚至就在今天。

你当然不会揭穿他，因为这是你的期待，整整四年的期待，“阿雅你比‘琴’招亲！”

“那就看看丈人家府邸深几许了。”阿雅一脸轻松，完全没有你想要的对文艺青年河东狮吼，是不是你想得太多了呢？

“好，回了师大，就大门不出二门不迈了。”一句话

收尾，自己盘算自己的计划去了。

去也匆匆，来也冲冲，回师大像冲刺一样快，二十个刹那，也就是一瞬间后，师大大门稳稳地映入眼帘，连同门口围的那群人也如期出现。

来时弹吉他的小伙子旁若无物地挥着蝴蝶手——当然**他不会唱的，要是唱，那就是承认是乞丐了**，纯乐器的演奏，才叫高雅。糊涂掏出了百元大钞：“交个朋友。”而此时，韩帅依旧缺席。

## 趁三分钟的热度一鼓作气

**大二的七夕，是最美的，因为大一还矜持，而到了大三，就不再相信七夕了**。有男朋友的，随便一个都比现在的好；单身的认为，最好的永远不在眼前。

毕竟，韩帅是个大帅哥，为了不辜负韩帅身边那群不知好歹的女人平日里的自不量力和痴心妄想，你也应该继续以韩帅为骄傲。

**演戏的标准只有一个，就是不能让人看出是演的。艺术的标准只有一个，就是让人认为它不是艺术：不是有意之术，而是真实**。

这从梅雨故乡来的程岳，给北京带来了接连的阴天，趁雨点还没跌落，你们陪这个神经病爬了一回香山。**去哪里不重要，重要的是跟谁一起去**。

谎言在揭穿之前的任务，就是维系平和——有韩帅在场的高大才子，一如既往地做韩帅最好的兄弟，而你是他恭恭敬敬的嫂子；韩帅一如既往地给你全天下最幸福的女人才有资格的宠幸；而你，你学着羲之书圣，对茂林和水

溪强作赞美。于是阿雅成了山路上的主角。

“黑格尔，总是黑自然之美，因为山川草木与心灵和美德无关。”在你看来，阿雅并无炫耀读书的意思，只是眼前的人都熟了，心理不再设防，畅所欲言，**三思而后行了，也就是经过认真思考，让审美疲劳战胜天才设想了**。

“良辰美景，无非巧合，读者自作多情而已。”似乎他在回应阿雅对黑先生的轻浮，只是没有转头看阿雅，**艺术的快感来源于自认为猜透谜底**。

“用心良苦，居多的是自作聪明，结果事与愿违，画虎类犬。”刚才数落的是先哲，这回就指向了这个没礼貌的人。

“再绚丽的色彩组合，花草也给不出诚意两个字来。人家都在用谚语佐证自己想法的正确，我在用逻辑验算谚语有无存在的价值。”他以为他给出了一个谁也否定不了的答案。

“诚意，在结果面前，不过是行乞的体面展示。”阿雅终于正面蔑视艺术家的理论了，而这个理论一直是艺术家存在的理由。**幸亏年轻的时候没人跟你说这些话，他们说了你就不信了**，现在从阿雅嘴里说出来，是那么的唯美与真实。

糊涂只能露出艺术从业者的习惯性不屑，也许一个以艺术为生命的小伙子，会过无数次白眼与冷笑，可是这一次，糊涂不屑的好像是自己。

有一些人，就喜欢冒险：**出发前很清楚凶多吉少，所以有失败是自找；失败后，就给大家展示艺术家的深度——痛苦**。

阿雅走近了糊涂，在糊涂优雅地不做任何反抗的情况下，她轻松夺过了艺术家手里的吉他，很容易找了一个壁立万仞的崖头，解下吉他的背带，右臂一挥，吉他就化作一只单色的蝴蝶，飞下深渊，跌跌撞撞，消失于眼际。

“世事都有生命，有高低起落，从高峰滑向低谷，那是制造丑陋，倒不如在最高处，让律动休止，美丽便得永生。**艺术的价值就在于，人们把最有价值的叫做艺术了**。”

听一句话，就听第一遍的感觉；再去揣摩，情境已不

再是曾经对的情境，想多了就走火入魔。

阿雅闭上了眼睛，她知道自己传递出了一个危险信号——果然，一张热热的嘴唇贴在了她白皙松软的额头上，可是没有臂弯的拥抱。

**只是因为你喜欢的人早于你表现出了喜欢，就沦落为了喜欢你的人**——人的贪婪就是这么嗜血。阿雅不想张开她等了20年的双眼，她不想看到自己等来的有共同语言的男人，是一个跟自己天天吵架的人。

然而你却看得到，高哲飞也历历在目，如果不是韩帅的出现，父母之外，你最亲近、最信得过的三个人都已经在自己身边了。

如果有人笑你颓废，你就去一个满是比你颓废人的地方，远的如巴黎，近的……

程岳打开了他大大的背包，头盔、护膝、护目镜……琳琅满目，然后一件一件穿戴到程岳的身上。你和高哲飞互看了一眼，走在糊涂的身边，从头到脚给糊涂检查了一下设备，“加油！”六只手掌叠罗汉一样摞在了一起。

糊涂拖着他长长的滑翔伞，后退了一百米，看了眼你和高哲飞，又深情地望着闭目不语的阿雅，转头向刚才吉他飞翔的悬崖跑了过去。

阿雅再次张开朦胧双眼的时候，糊涂已经悬在空中，挂在滑翔伞下忽高忽低地傲视脚下的风景了——他去找大自然的诚意去了，趁三分钟的热度，一鼓作气。

**生命本就是苦的，梦想不但给生命增加不了多少喜悦，反而带来了更多的壮志未酬，但是它让你感觉，受苦是值得的。**

# 有一种守候叫执迷不悟

人就是那么贱，总是崇拜着那个惩罚你的人。古灵精怪的阿雅，也逃脱不了DNA的诅咒——她迷恋上了跟糊涂吵架，据说，这是群居动物对王者的崇拜。

一只“琴兽”不负责任地驾蝶远去，阿雅对他的是思念；一只“琴手”无自知之明，他对你的是妄念——“琴手”就是糊涂花了一百块钱结交的那个吉他手。

原本你以为这个吉他手只是你生命的点缀，无关故事结局的，可是**有一种守候，叫执迷不悟**。

那天你终于答应了吉他手的约会请求，他以为是这天天气刚刚好，或者精诚所至金石为开之类的正能量信念，而其实是你想好了一个主意，让这位执迷不悟的才子懂得生命的旅途需要踏踏实实地走，你就这样找好了足够善意的理由给自己的好奇心开脱。

**五音不全，可以去唱摇滚；神志不清，可以去写诗；无自知之明的，可以等待逆境菩萨的锻炼了。**

约会的地点叫必胜客，在这里必胜的通常是女人。并不是因为它有比萨和刀叉而比KFC上档次，而是因为在这里你可以点上一大堆不吃的东西，打包后让倒霉蛋打电话叫一群人来凑钱结账。

艺术有它训练成职业人员的技巧，可是却没有评比优劣的标准，甚至有些如文学之类，连范畴都确定不了：文学跟戏剧同为七大艺术，而戏剧却又跟散文等同为文学的分支。所以**“艺术”二字可以拿给那些输掉的人自己设标准给自己评第一——你可以骂观众没品位，却不要骂观众不买你艺术表演的门票，那叫输不起。**

一切尽在掌握之中，在师大门口，你让吉他手——对了，他有名字，叫刘冠宏，可你喜欢称他“琴二”——琴二把吉他送回了宿舍。**如果你被认为不优秀，你就通过贬低别人喜欢的东西来证明自己喜欢的东西优秀。**他说了一堆现行制度的不好，和自己解救世界人民的方案有多好。**要命的不是你有不好，而是你说的自己的那些好都是不好。**

你一个人先到了不远的必胜客。其实外国馅儿饼也没什么好的，少一张饼却不减价，露着馅儿，也许这里的东

西比较安全吧，毕竟外国人来了，毒死人家，可是国际纠纷。

还没听完几首歌，琴二从一辆白色汽车里出来了——白色的沃尔沃，驾驶座坐着一位墨镜男，看架势，他的爸爸来头不小，不是奸商就是贪官。

沃尔沃送下文艺青年，就掉头走掉了，似乎文艺青年的审美，完全不值得沃尔沃一瞥。而你，你心中大喜，总算今天不是浪费工夫。

琴二进了必胜客的门，你被他屡败屡战的诚意打动，一改学校门口撵他回家的高傲，你开始对他笑脸相迎。他的每句自叹曾经风流一时和现今怀才不遇，你都陪着他一同唏嘘。**一个人缺少了被认可，就找自己的标准说自己很伟大，然后把这份缺失说成是待完成的使命**。你同意了你郑雯雯，正是上天安排来帮助琴二完成他拯救世界这一使命的那个人。

你惋惜时光易逝，总有那么些怀才不遇的人，他们最美丽的青春在默默无闻中消逝。琴二终于在茫茫人海中找到了懂得自己内心世界、懂得欣赏自己天才设想的知己。

他开始大谈特谈他坎坷的人生经历：他能读到大学多么不容易，有多少人在他的人生设置了路障，有多少喜欢自己的女孩儿最后现实地背叛了自己，又有多少兄弟为了女人插自己一刀。

**打着爱的旗号，做着不能被爱的忧伤样儿，自封多愁善感，用软弱无能来骗取母性的同情。软弱的人被情绪控制，输了比赛而在找赢自己的对手在赛场之外的不足，只不过是恨人家。**

时间拖得越长，你就越有机会祭出你的杀手锏。待到琴二展示完强大的肾功能，必须要跑向卫生间的时候，你喊服务员过来加了琴二一辈子也吃不完的菜。

琴二依旧绅士风度十足，谈笑风生，不一样的只是这回他应和起你来，跟着讲LV和阿曼尼的优劣。你没有等琴二展示完他过硬的心理素质，就先去了卫生间。壁挂镜挂得也是刚刚好，省得你找一个你看得见他他看不见你的地方。你背对着琴二，检验着自己的劳动成果：自诩的吉他王子艺术家，捧着手机像猴子一样到处找救兵。

## 不让骗的男人没有安全感

常胜将军之所以常胜，不是因为他比别人会打架，而是因为他选择了对的战场——**花钱的场所出了意外，还得找有钱人解决**。白色沃尔沃终于又出现在了必胜客门前。当然，有钱人在自封的艺术家眼里，都是希特勒眼里的犹太人。

白色沃尔沃第一次出现的时候，再见白车王子，就已经超越恶整琴二，成为你的第一初衷了。**世界给不了你什么，你就认为什么重要。**

真正的富二代，是不会穿金戴银的，他们要区别于暴发户，**瞧不起庶族的士族才是真贵族**——沃尔沃王子一身白西装，脖子上突兀着一串佛珠；真正的帅哥是不需要黑色墨镜装点的，沃尔沃王子裸露着硕大的双眼，能打量到他长长的睫毛，配上洁白的面孔，让人怀疑不是嫡出。

王子轻捷地走向琴二："我提醒你多少遍了，出门要带钱包。"他怒时而若笑——在你看来，他是一好百好。

**如果你输给了对手而找不到理由，不妨说术业有专攻。**

琴二掏出了一块小小的吉他拨片，“我的记性都让这货抢光了。”你没听清楚，只听到“光”，脸上开始泛起红晕。

继而沃尔沃王子又把头转向了你：“对不起，做艺术的人都是这副洒脱的德性，上星期约会三次，都忘了带钱包。”三人都礼貌地笑了。他嗔视而有情——在别人看来，你是自作多情。

“没什么，其实我带了钱包，他大男子主义太重。”你展示了女绅士的风度。

**习惯了丢西瓜的人，有人给画一粒芝麻那西瓜就没了，他坚信西瓜该乖乖地滚回来，如果不滚回来，他就天天数落西瓜不忠诚。**

你终于到了上男人车的年龄，开始是你们三人行，这次的三人行远不是四年前上海的三人行，这次是互不信任貌合神离的三人行。

**懂得越多，越不懂得珍惜**——你很轻松就用你的所知勾勒出一切重来的蓝图，你已经在勾勒跟王子走向婚姻的蓝图了，在哪里买房，在哪里度假，在哪里养小孩，小孩读什么学校。

如果你没有从前的故事，那这回是一个完美韩剧的开端：有王子，有豪车，有美丽而单纯的灰姑娘……可是一**说到韩剧，你却又开始害怕起车祸和癌症来。**

“你有没有遇到过车祸？”说这句话的时候，早已不是三人行，只是你见到王子仍然小鹿乱撞，他独具魅力。书上对爱情的描绘都是这样的：女人变得乱讲话，而男人则矜持。**世界上没人配得上他，但也许他会在此时犯傻呢。**

“还好了，常在河边走，哪有不湿鞋，不妨给你一次制造车祸的机会。”他眼光稳稳地落在你的脸颊上，你忙不得躲开，只能用生平最大的镇定抵御他坚毅的目光。**爱情就是：因为多看了那一眼，牺牲了少看别人一万眼。**

在一个空旷得只有一棵树的下午，你换到了驾驶座。有人说，爱情就是两个人一起犯贱。

“下离合，猛踩刹车……”他自豪地做着美女的老师，而那棵树也越来越近。他从副驾驶座猛地帮你扳正方向盘的时候，那棵树已经上了车顶——沃尔沃撞在了碗口粗的树上，你的胸口撞在了沃尔沃王子的胸肌上，尖叫声淹没在车毁树亡的混乱中。

“没事了，没事了，不要怕。”他安慰你，熄了火，停了车，汽车早已变成了丑八怪，你已经被沃尔沃内壁撞得青一块紫一块，头发凌乱，粘在满是汽油味的汗液上，成了被王夫人赶出大观园的晴雯，风骚夹杂着洒脱的惬意。足足过了十分钟，你才离开他的怀抱。

**背叛一个人，其实好简单，只要没人看得见。**

人家说，车是男人的脸，好男人的脸总是准备好了让女人打的，只不过，最好的男人通常都是二皮脸。王子懒得去修沃尔沃，而是直接选择报废处理，再次出现在你面前的时候，已经变成了路虎王子，依旧他最干净的白色，白色的路虎。

**变了心，首先要做的是想办法让人家忘掉你许过诺言。**你已经准备好了一万零一个说辞告诉韩帅情缘已尽，让他忘记自己的好，和那些年幼的誓言；你要感谢他一直以来对你的关心和照顾，你要感谢他在你最需要的季节对你矢

志不渝，你要感谢他在你最美的时候有他陪你度过……但是情缘已尽就是情缘已尽，爱情的核心，是感觉。

每天你都背诵着这些台词，突然间感觉韩帅好可怜，纵然生得好皮囊，草莽。回头想想，那白色的路虎，他爸爸能撑多久——可是你告诉自己，你爱上的不是那辆车，而是车主的魅力。要是在古代，给人家折了一辆车，还不得以身相许才能赔得起……你决定当面给韩帅分手信，以后相忘于江湖。

**从前总盼着这一天的到来，可这天真的来的时候，你却总祈祷今天快点过去，因为压力太大。**丑媳妇总要见公婆，你在韩帅的宿舍门口，把叠好的一帆风顺交给韩大帅哥。

像其他分手的恋人一样，被甩的一方认识到了自己千错万错；甩人的一方才发现原来男人的风度都是在无关痛痒的时候才展现，有需要了，狗急跳墙，一个比一个没品位，比方说韩帅他会给你彻夜打电话。

你就这样发现了原来自己一直陪在一个伪君子加龌龊

男身边。当然，你多么瞧不起韩帅，也不会跟他提一丁点路虎的事。

四年前你度日如年，时间展示了它煎熬的魔力。而今你在祈求时间能让这只可怜虫赶紧忘记你们的过去。**忘记了一起走过的路，则为路人，宜各自赶路。**

一晃三个月过去了，**没有对抗的相处，一定另有所图，**你已经成了白色路虎主人的主人，只是王子从来没有邀请你去他家。你以为韩帅不会打扰你新的幸福了——的确，**打扰你幸福的不再是谁谁谁，而是你对幸福有了新的认识。**

这个暑假，你回家了，在书桌上无意间翻出了一只千纸鹤——是高三高考前男同学小白叠给你的那只千纸鹤，原来这只千纸鹤是迷路了，它并不是寄给你的，而是寄给当时你的同桌小柳的。

**如果一切都太顺利了，就不叫童话了，只有车祸也算不上是韩剧。**你赶紧联系白先生，然而同学丁却告诉你，同学小白就在上个星期因癌症去世了，你的同桌见证了他告别人间的时刻。你一下子想起那个对你千依百顺的韩帅

来，回到家打开邮箱，原来韩帅的信一直没有间断过。

悲剧是什么？**悲剧就是多项选择题，你选了一个，舍弃了三个，选的那个却不是答案。**

猴子的救兵，还是回他的天庭吧，**一个不能被你骗的男人，太没有安全感。**

你跟韩帅重归旧好。

显然，这已经不是第一次在过生日的时候，有人送你那雯雯红玫瑰，更不是最大的一束；可是这

次确是你第一次……

## 巳，二一

## 秀色可餐，缺点是特点

今天是奶瓶的生日，晚上……

天下最漂亮的女孩儿。”他，梁伟，说你在他眼里是一尊奶瓶，是就是吧，奶瓶——洁白审聪慧，的确很可爱的。

“14是最不吉利的数字。”其实这个刁难的问题，你也没有答案。

# 东施笑贫不笑娼

**有王子在，王冠就戴不到公主头上**——男尊女卑绝不只在中国才有，全世界性别歧视没多少区别：女人有X染色体，男人也有；男人有Y染色体，女人却没有——可是生孩子的却是女人。都盼着生个带把儿的，却不知道为了这点肉，要多花多少钱。

**好多东西本来不想要，只是因为容易得到就选择了要，**最重要的，是可以向人展示自己的成功；**好多东西得不到，为了不让人知道自己的失败，就说不想要，后来就信了自己原本也不想要。**

韩帅答应了赔钱，不是买女人，女人不是用钱就能买到的，而是买那辆报废的白色沃尔沃——80万元人民币，将近百万，这可不是个小数目，需要费点周折。他很轻松就骗了家里20万元说做生意，又四处借债，总共凑够了40万元，剩下40万元分两年还清。

**没钱的时候你说钱只是工具，那叫吃不到葡萄说葡萄酸；有钱的时候你说钱没那么重要，那是饱汉不知饿汉**

**饥**——总之群众的眼睛是雪亮的，大家都说是那样，也没必要去争论，对错早已经不重要，有人信才重要，你们相信钱来得很辛苦。

自古女子无才便是德，学会了生活的女人，就学会了一生。比方说你想成为作家，把自己的经历变成爱情小说，**以前，作家就是什么都外行，却天天写东西指责内行的一些人；现在，作家是个文字生产商，卖不好还骂人**。所以你在小说写到十分之一的时候决定不做作家了。

有一个可以拿得出手的傻子对你如痴如狂，人啊，你要学会将心比心，你得给韩帅哥赚钱了。

体育生可以不上课，因为考满48分就算及格，更何况不上课的时候可以跟老师和领导走得更近；更可以走上社会做真正的大人——有多少青年企业家创业的初衷不是因为上课太无聊，乔布斯、盖茨、戴尔、埃里森统统是这样。

这钱三借两借，经过数钱的七根手指头，烫热了韩帅哥让钱生钱的心。骗家里说做生意，他索性就真的做点买卖，他在学校旁边租了一间底商，开起了杂志社，刊登服装信息，让投广告的人花钱买版面。

**工作，就是把不愿做的事做好。**只因为韩帅的一个合伙人犯了一次错，没把该做好的财务做好，你就成了杂志社的老板娘——有人说**全世界最恶毒的职业就是中国的老板娘，不认别人的付出，只认男人的进账。**

**你冲着去的，并不是第一，只是不小心做成了第一；如果你冲着第一去，就会被自己说的“同伴没品位”踩踹死。**

你好想把这本杂志做成全市最好的服装杂志，可是你越来越觉得韩帅的那些个合伙人不具有最好的能力，对客户没礼貌破坏业务不说，他们不加班却要跟韩帅拿一样多的钱。跟这样一群缺失道德和职业道德的人合作，你觉得是在作贱这家杂志社。很快你就得罪了韩帅的伙伴和聘请的设计师，于是你还是乖乖回到学校里好好学习，晚上看欧弟主持的《天天向上》。

**证明一条路不可行也是巨大的收获，**你依然骄傲自己不跟这群没品位的人做同事。

韩帅的客户里——客户就是花钱在这个杂志上买版面

的服装供应商——有一个做服装生意的叫褚继国，服世汇的老总，你不知道他有多少钱，韩帅也不知道他有多少钱，总之**不能说有钱，要说有的是钱**。

要不是因为钱，褚老板这种人是不会跟没钱人打交道的；要不是因为钱，韩帅哥也不会放心带上漂亮的女朋友去出席宴会的，他也忍受了成功者的宁夸人妻，也许是自己的骄傲呢。

韩帅对褚老板的隐私一无所知，只知道褚继国有一个女儿叫小梅，正上高二。既然韩家经济上有些拮据，而高材生的你又不方便来社里，那不妨给小梅做家教，韩帅也正好见识一下虎父的犬女。

你并没有善为人师的自大，因为家庭教师的职位并没有多么光鲜，可有逼离杂志社的那口恶气，你不假思索就率先接受了两个男人对两个女人人生的规划。

还是那句话，**懂得越多，就越不懂的珍惜——依靠你的学识，可以轻松勾画一个重新开始的蓝图。**

第二次踏上社会的你，就把社会当成了第一学校，警告自己，掌握在自己手里的权力才是真权力。也许之前在韩帅朋友面前敢于低人一头，现在要出走的恐怕是那些该输的人。你决定珍惜这次跟成功人士打交道的契机。

**有了第一印象千万不要说出来，你会用一万个谬论证明当时的鲁莽是独具慧眼的。**

以前在社里和饭桌上见识过褚继国褚大老板，浙江人，干瘦干瘦的，眼睛不大，却跟五官很协调。他短发齐整，跟那副笑嘻嘻的嘴和脸搭配，在告诉世人生意人既要能力又要态度，还要心机。普通话说得一级棒，很少见到南方普通话的腔调，你好想跟在这位成功男人旁边一起在商场上纵横驰骋——是梦嘛，多做点梦，给生活添色彩。

周五放学，你跟韩帅坐了一段公交车，打的到了杂志社。越是有钱人家，越讲究尊师重教，褚继国开着他的奔驰到社里接了你们。

“小梅的妈妈离开得早，我在公司里忙黑忙白，耽误了孩子的成长，郑老师出山照顾犬女，也算是了却了我多半辈子的遗憾。”褚继国求贤若渴。

“褚哥客气了，还是近距离学习一点成功者的智慧，小梅以后就是我的亲妹妹，未来的世界是她们的。”**自谦，是为了炫耀你自谦的华丽技巧。**

“是你们的，你们的。”褚总点头如捣蒜。

说话间，褚府已经到了，并不是山间别墅，也非豪门大院，只是那高啊高的咖啡色高层，让人头晕。停车，门禁，电梯，开锁——是复式楼，大大的沙发，平整的皮椅，配上落地窗带来的窗明几净，让你感觉在哪个法国广告里见过。其实，一个浸泡在音符里的人，对土豪应该没多么垂青，吸引你的是欧式的明快加奢华，这是文化的气息。瞬间**你爱上了这个地方，愿意付出一切来换取被接纳。**

褚继国和韩帅聊他们服装的生意，而你连上 WIFI，在 iPad 上继续昨天的美剧，似乎一辈子也没这么乖过。时针也学着你乖乖的，一鼓作气，锲而不舍地迎来了雷一样的开门声——当然塞着苹果耳机的你是听不见的，只见门缝里挤出来一颗黑黑的头，镶着两颗大大的眼睛，穿着校服，后面扎着根马尾——还没看清她的五官，你就跟着韩帅慌忙站了起来，想必千金回来了，总感觉自己哪里不够做一个老师。

“小梅过来，这是……”没等褚继国说出你的名字，马尾辫就噔噔噔爬上楼了。

**不是说你一同情，人家就变得软弱，不需要帮助的时候，每个人都很坚强**。也许，没妈妈的女儿，总是讨厌父亲带准后母来家里。

“小梅从此以后属于我的了。”你给褚继国使了一个眼色，昂首走向了二楼小梅的房间。你掏出了 iPad，左手端起来，右手在屏幕上跳起了芭蕾，一曲听不懂哪国语言的歌曲，响彻整栋复式楼，尾声时候大提琴低沉的声音叫出了“小兔子乖乖”——门开了。

“告诉我怎么弄的。”小梅出来，你们两个同时愣了一下，她一把抓住你，拖进她房间里，瞬间“哐当咔嚓”关门上锁。

“小梅好像小姨。”——“这女人好像妈妈。”瞬间你有了想亲吻这个女孩儿的恶念，小梅抱住你，吻在了你

的唇上。

东施效颦，笑贫不笑娼，你恍然间领悟，是**东施笑贫不笑娼**。然而像你这样，既貌比西施又学富五车的才女子，当然贫与娼一起笑。

## 从低谷到低俗，只因一个人

你像找到了失散多年的亲妹妹，你习惯了期待周末的到来，褚府成了小梅家。

身体走得再亲密，也不会有跟阿雅在一起的尴尬，可是阿雅告诉你：**兴趣相投，定会性趣相投**。

三年来你第一次讨厌没有底线的阿雅，你们之间不是瑜亮，她是杨修，看穿自己还要贬低自己的竞争力，至少她没有遇见革命情感。欺人太甚的女人，你有了一巴掌拍死她的冲动，可是她是你的妹妹，纵然她是全世界最可恨的孩子，你们也只是吵吵闹闹就算了。**笨蛋之所以是笨蛋，就是因为他找的理由都推不出结果**。

韩帅的境况渐渐好转，债务当然还没有还清，拆了东墙补西墙，**为了让别人生活得简单，人们工作得很复杂**。

**钱的作用有三种：一种是花，一种准备花，一种是展示花**。韩帅买了车，日本本田的，他经常过来接你回报社，你亲手制作了一个红色的福字，挂在本田的前窗。

有时候你有事也不去小梅那里，可是你总在强迫症式的乱想，韩梅梅这个组合总比韩文组合要自然得多。

**意料中的灾难就不算是悲剧**。你还记得那天是周一，韩帅告诉你下午要去郊区约见客户，当然他的行程多得早就不需要向你报告了。周日的时候你把给阿雅代买的包忘在了小梅家，你要打的过去取回来。

每看一次 iPhone 上的钟表，你扭头就能看到想要看到的熟悉街景，离小梅家还有半分钟的距离时，你看到了一辆熟悉的车停在了熟悉的地方，是辆本田停在褚府旁边，只是它停得太不熟悉，陌生得你想一脚踢飞它。

**做的意义，远不在于做出了什么成果，做的意义在于让你记住了应该这样做**。你命的哥开过正门继续往前走，不要停。本田车前窗有福字，福字后面坐着一男一女——不是别人，正副驾驶座坐的正分别是韩帅跟小梅，说说笑笑，推推搡搡，根本瞧不见打的过来的你郑雯雯。

你让的哥绕了一圈，想在本田车后面跟踪韩帅。可是出租车再回来的时候，本田已经不见了。你又请的哥把自己送到师大东边西站地的公交站旁。你下了出租车，坐公交车回了学校。**你成了小丑——不，你是又小又丑。**

你居然那么佩服自己的冷静，本来是天塌了的事，你都克制住了自己不打草惊蛇，没有轻举妄动，冷静地制造着补天计划。

下午放了学，你给小梅打电话，问好之后，你问她今天在学校怎么样？小梅说在学校待了一整天，无聊得要命，还邀请郑老师去学校陪她玩。

**一开始骗人，是恰好一句谎言天地宽；后来说谎是之前被骗，而移恨做的报复，似乎说谎才能展现成熟，不能坏了规矩；再后来，发现整个世界对不起你，你不骗它，是纵容整个世界对你继续做错事。**

晚上你见到韩帅问他出差顺不顺利，韩帅说跟平时没什么不一样。

**出现异样的时候，就要拼命表现得跟平时都一样。**

周二，你让阿雅帮你去教室喊到，你戴上墨镜，去了褚继国家附近的一家窗明几净的咖啡厅，要了杯咖啡，坐了一整天。

周三，你让阿雅帮你去教室喊到，你戴上墨镜，去了褚继国家附近的一家窗明几净的咖啡厅，要了杯咖啡，坐了一整天。

周四，十点半的时候，韩帅的车出现，小梅从家里出来，韩帅走出来拥抱了小梅，上车出发了。

你找了一辆出租车，要的哥跟踪韩帅的本田。跟了足足两个小时，他们无聊得透顶，哪里难走去哪里。的哥发话了：“姑娘，油不多了。”

你看了看油表，又看了看计费器：222 元。“师傅多少钱？”

“两百多一点，师傅不值钱。”北京的的哥总是那么风趣，或者说是风流。

“那妹子值两百块吗？”**女人的坏都是为了报复男人的更坏。**

你跟的哥开向了一家旅馆，短信韩帅：“我已经跟陌生人在新华路如归旅馆 303 室，十五分钟赶到的话你的帽子还不是绿的。”

五分钟韩帅就来砸门了。**世界上谁也分不清男人的冲动是为了尊严，还是因为有女人楚楚可怜。**

你笑了，流着梨花泪。

他一把抓住你的胳膊，你还以为是个安慰的拥抱，“这他妈的都是为什么？”

他其实并没有听问题的答案，而是拖着你下楼把你塞进了他的本田里。

“你还问我为什么？”你没法确认眼前的人就是那个对自己矢志不渝的韩帅。

“我们的日子好起来了，我们应该享受成功了。”韩帅给了你一个熟悉的角色——你爱的人成了陌生人。

“也许吧，我们为了生计都太累了。”你准备要接受一次欺骗，因为**路边的野花，总归要路过成为身后背景的。**

“所有的苦和累，都是为了值得苦和累的人。”他继续着他的谎言。

他把你抱在胸口，你们两人泪如雨下——突然一个霹雳，你那侧的车门被打开了，站着的不是别人，正是小梅，

“我怀孕了，我爸爸很快就能查清一切。”

韩帅松开了他紧抱你的手，双手狠砸方向盘，雨刷也知情地左摇右晃，在为这精彩的三角恋伴奏。

你下车，准备像琼瑶剧里的女配角一样跑掉，小梅一把抓住你，“这就是人生。C'est la vie.（法国谚语：这就是人生。）欠你的我会还你。”

“你的人生不值钱。”因为是褚继国的千金，这已经是你能骂出口的最难听的话了。

“人生不是用钱衡量的，因为我已经有了足够的钱。”这个女孩儿太嚣张了。

“用背叛和诡计？”你不知道为什么还要理会这个狐狸精。

“我不知道，总之只要你还活着，你就有机会得到赔偿。”这个小女孩儿一字一眼地发誓。

“那当你的老师，都是你们的圈套？**我最欣赏你把所有人看成傻子的勇气。**”你的理智还是回来了。

“不是。**一个刚学会心机的人，会看到满世界处处**

**是心机。**”说完，小梅上了韩帅空着副驾驶座的车，车开走了，刚才的出租车，也缓缓地开了过来——**人家已经不在意了，报复人家也没什么意义了。**

出租车一闪，也扬长而去——舍下了你孤零零一个人。

你瘫坐在地上，拼命地给韩帅打电话，你现在才知道这个世界上对韩帅最好的是你，他应该选择的也是你。无奈韩帅的电话已经关机，“‘宁波’的电话暂时无法接通……”可明明这个破地方是北京。

**世界上最惊悚的东西，叫真相。**

“不用打了。”像是在说你——你看不清这个像楼一样高的女士是——是阿雅。

“回家吧。”她把你抱起，拖到一辆黑色奥迪里。

**“总有一天，你的死活跟我无关！”**响彻云霄，引来了三五个霹雳。

## 骗你，你至少还有被骗的价值

“没自杀几回的女人，算什么女人？”你觉得自杀是惩罚他们两个最好的方法。

**自杀是不会出现在失恋后第一天的，因为第一天人们还没接受事实**，过去太多的憧憬要一个一个消灭，总要花些时间。所以**自杀通常会发生在最后一天——那当然是废话了**。

真的想死，是谁也挡不住的，你还是把自杀的短信发给了韩帅：“最折磨人的不是地狱，而是看不到地狱的尽头，做了坏事，永远没机会被原谅。请到你最熟悉的地方带回属于你的诅咒。”

**你盼着时光走快，让赢你的人都老去，却又舍不得自己也跟着人老珠黄**，你一边诅咒着小梅老去，一边盘算着怎么用这次自杀赢回韩帅的心。

你怕韩帅收不到你的短信，你复制了一遍自杀的短信，随时准备重发，就在要填联系人的时候，脑子里蹦出了高哲飞，原来世界上有一个你一直信任的人——信任他的才能和信任他对你的在乎——消息原封不动地给高哲飞发了过去。

你要跳楼，打车去韩帅的学校，爬到韩帅宿舍楼上跳下去。可是，可是你又那么怕出现意外真的掉下去，自己从那么高的教学楼上摔下去，非要个粉身碎骨化作人渣不可。

要不然，割腕吧？扎针都那么痛，流出的血多恶心人。

服毒？洗胃的时候要吐成个什么样啊。

上吊是最不划算的，据说舌头都出来老长，费了半天劲还破相。

那还是跳楼吧，地方宽敞，人来人往，容易找得到……尸体……

**你自夸了一万遍痴情，可也许痴的只是别人对自己有情——那期待的是被爱，就像少女答应陪心爱的人去流浪一样的谎言。**

已是阳春三月，浅夜的上弦月呼唤着飕飕凉风，沁人心脾。

终于爬上了宿舍楼顶，你不敢站立起来——绝对不是恐高，你怕被楼下的人看到后围观，让大家看见了要跳楼，到时候不跳多没面子；弄不好还得真跳，那可赔大发了。

爬到女儿墙边，看着楼下的蚂蚁一样缓慢的人，你开始喘粗气，一口还没喘完，另一口就已经在催了。

那手挽手的男女，肯定不会是韩梅梅回学校，如果是，你就把他们两个拉上来，一手一个推下去……

**想记录下柔肠寸断时候的玄妙，可是没人卖给我工具——请珍惜体味每一个心跳的时刻吧！**

乔布斯说死亡是生命最好的发明，在死亡面前，世界的样子在你心里可以重来。

你把能记起来的东西统统在眼前放映了一遍，又把爸爸妈妈还有阿雅、高哲飞、糊涂他们的未来做了详细的规划。

你问自己，是不是已经变成了上帝。可是高哲飞和糊涂的人生安排，你总觉得有些不完美，因为他们的性格缺陷，你总不能在社会上给他们找到非常合适的归宿——还有爸爸妈妈，没了你他们多难过……

**人生是多彩的，眼睛是红的，帽子是绿的，肠子是青的，心是灰的。你以为你不会哭，可还是认输。**

你呜咽地哭起来，声音越来越大，为什么要死啊？谁来拯救这位冤屈的花季少女？

看 iPhone 里的时间，高哲飞还有一半的时间才能到。你不能给他看自己是孬种，自杀要有自杀的样子，那是勇气和智慧最高的结合，它是人生最大的艺术。

“哭那么大声，把鬼都吵醒了。”是天梯里发出的声音，是高哲飞那小子的声音。果然高哲飞从宿舍楼天梯的洞口里一点点长出来，完完整整地呈现在楼上。

“别过来，你敢过来我就跳下去。”你说着，已经一只脚登上女儿墙了，哗啦啦，脚上的泥土跌落下去，听不到一丝落地的声音。

想象的困境跟真实的困境，完全不一样。刚才还有说有笑的高先生，看到美女已经紧张得说不出话来。

“你不是早就想离开他了吗？人家给你机会，还让人

家背上了骂名，你赚大了。”

“胡说八道。想不想离开他那是我的事，他做错事该不该受惩罚那是他的事。”你说话已经语无伦次。

“那我先下去一下，把他们找来给你杀。”高哲飞也不知道说什么才能缓和当下的气氛，他生怕你脑筋短路，**从楼上跳下去就再也爬不上来了**。

“不要再自作聪明了，你敢走我就立刻跳下去。”进也不对，退也不对，一下子，高哲飞成了你的依赖。

“我知道你有跳下去的决心和勇气，这是你的品位，但还是要等到下一次吧，因为眼前的事情理由不充分。”你不再言语，高哲飞继续他的歪理邪说，“其实我也自杀过……”

“你从小就会撒谎。”你说的是五年前。

“是从认识你以后才撒谎的……”他的话戛然而止。

“说下去，讲得不好我送你下去。”你的话更像是打情骂俏。

**一个女人，最大的魅力在于，你给她一个期待，她就**

**能实现给你看。**

高哲飞开始缓慢向你的方向移动，狮子捕食都是这样的。你也知道他有最后的一个冲刺，早已经调整好了支撑腿的姿势，以防两个人有一个真的掉下去。

“我们认识的时候，我还是戴着眼镜的，自从那副眼镜架在鼻梁上，我就再也没有玉树临风的自信了，恰恰那段日子里，出现了一个会弹琴的北方女孩儿。我们谈天论地，形影不离，她不在乎我四只眼，而是充满了对成功男人的敬仰。”

“形影不离是说谎，”你及时纠正了他的错误，“你为什么消失了。”

**你要他证明给你看的，是他对你的有所谓。**

“我的人生能拥有这样的一份情谊，死而无憾，我跳楼自杀吧……”他算计着自己已经走到了一个可以的距离，突然加速跳扑过去，抓住了你的腿，起身把你从楼沿儿上拽回了人间，然后把你抱在了怀里。

“你抢了兄弟的女人。”你提醒高哲飞。

“为了抢女人，才做了兄弟。”

**为朋友两肋插刀，叫武侠；为女人插朋友两刀，叫言情；为女人被兄弟插两刀，叫正剧。**

显然，这已经不是第一次在过生日的时候，有人送你那束紫红玫瑰，更不是最大的一束；可是，这

# 午，二二

# 秀外慧中，从最后到最先

天下最漂亮的女孩儿。”他，辈伟，说你在他眼里是一尊奶瓶，是就是吧，奶瓶——结合市场趋势，的确很可爱的。

“14是最不吉利的数字。”其实这个为难的问题，你也没有答案。

# 骗女孩子不算骗

因为韩帅没回复你的短信，你自杀的表演变成了英雄救美的琼瑶剧，不过这么快就大团圆结局，不像是琼瑶阿姨给的节奏。

**好多东西丢了才知道，没那么多东西必不可少。**

一天属于男人，一辈子都是他的女人，年轻人还是用年轻人的方式解决了配偶争夺的问题，韩帅找了一群人把高哲飞打断了胳膊，戳断了一根肋条，骨头搞折了的高哲飞，飞快地出院了，活了一把年纪，才知道自己名字的深刻含义。

你们喜欢上了爬楼顶，或者其他高高却空旷的场地。

**爱上一个人，先假设他遇见你之前，已经拥有了一段美丽的童话，你先爱上了他的童话。**

“为什么一直没找女朋友？”你劈头盖脸就问。

“因为一直在等你问这句话。”**好多人开玩笑总是那么认真，认真起来就总像开玩笑。**

“要是我永远不问呢？”要是你永远不问呢？

“我就永远不回答。”他越来越有禅意。

“继续杜撰你荒唐的故事吧，趁现在心情好，照顾一下老弱病残孕。”你觉得还是说一些轻松的话题好一些。

“我相信糊涂还活着。”高伤员找了一个很好的放大同情心的切入点。

“没有人会认为他死了。”趁他病要他命，你拧了高哲飞的胳膊，这份亲切你在韩帅身上从来没找到过——你是一直在寻找这份感觉吗？你一直在寻找六年前丢失的感觉吗？

**“初中的时候，一个男生踹了我一脚，两年后他被车撞死了。**”他一脸严肃地看了你一眼，又把目光转向天空，一本正经地祷告起来，“我不见了的时候，我在想你有没有每天都在担心我有没有死。”

“如果你死掉了，那我也活不成了。”你说的跟琼瑶剧里的台词一模一样。

“未亡人？”高哲飞老了，终于输了你一把。

“你死了，我自杀就没人救了，跳楼的壮举就大功告成了。”你那么骄傲自己有过跳楼的经历。

“要说壮举，还得说我那货真价实的英雄救美。”他又露出了那副不着调的德行，“六年前我是去了澳大利亚，中途飞机遭劫持，紧急迫降，我们一群小孩儿成了人质被带走，我们家人失联。”

他顿了一下，继续杜撰他英雄救美的壮举：“因为**目的是会变的，初衷早已混淆，所以我愿意坦诚经过，您自己找为什么**。后来我被丢弃在草原上，从土狼的口里救出了一个意大利女孩儿，她有大大的眼睛，比你现在特意瞪大的眼睛还大——浅蓝色的瞳孔，跟海水一个颜色。”

你收敛了瞪大的眼睛，却不敢相信自己的耳朵。

“可惜不是你！”他继续讲他浪漫的故事，“**我是这样的懒，爱上了一个人，就再也没有进取心去更换**。我们在草原上挣扎了两个星期，跟袋鼠打过架，被蛇咬过，被浣熊抓伤过。”他撩起胸前的衣服，露出了大大小小的疤痕。

“那女孩儿呢？”女人关心的，似乎永远是另一个女人。

"你希望她是生还是死。"他卖起关子来，太有男人味了！神秘感。

"当然希望她活下来了。"你是认真回答的。

"我们惹怒了棕熊，她把我推倒自己跑掉了。**有些事，凄美得让人窒息，而事实上，两个人不合适。**"

一下子，你仿佛代替大象住进了冰箱，满身都是冷汗，似乎那个干掉救命恩人的女孩儿就是自己。

"你别看我，我是好女孩儿。"你无辜地澄清着。

"后来，我被原住民救了下来，他们送我去了城里的医院，联系到了我的父母。"你们一起叹了一口气。

"那女孩儿呢？"你再问。

"希望她还活着。**不怕落水的蝎子蜇手，就怕你的手把它吓得跑向无底深渊。**"如果有支烟，他此刻就翻云吐雾。

"因为我死过又还活着，一下子父母的关系好了起来，死一回也算是造福了。"

**就算海平面给你表现出十分的平静，你也能感受到那海底暗流百分的波涛汹涌**，当年他的消失，原来是给别人提供写小说的素材了。

他一直讲下去，你就像听收音机。后来他去你学校看你，那时候已经摘下了眼镜，在公交车上遇到了看书的你，就没再打扰你的前程。

他父母不和，给他带来那么多的心理阴影，早就该离婚的。后来他们家拿到了澳大利亚的绿卡，他本应该在澳大利亚读书的，可是他满心都是一个叫郑雯雯的女孩儿，然而这个女孩儿跟韩大帅哥在一起很开心。父母都觉得对他有歉意，满足了他一切的要求，他以华侨的身份来北京读书——其实是为了找你。打听消息的时候，弄错了，搞到了韩帅的学校——为了了解情敌的情况，跟韩帅走在了一起。

他并没有选择放弃，也没选择打扰你的幸福，而是等待着，也许哪一天你们不再相爱了——他从来没有故意破坏你跟韩帅的关系。而包括你移情别恋路虎王子，他也一清二楚，他只怕你会上当受骗，怕你身体或者精神上遭受打击——还好，**你的感情破碎得还算及时。**

他还告诉你，其实韩帅在杂志社里，已经被人包养了——长得帅的，是守不住的。世界是有钱人的世界，每一个没钱人都在给有钱人唱着配角，每一个配角都想成为主角，早晚会痛恨那些从励志书上学了些叫尊严的东西给你的欺骗，有色相这一优势，为什么不用呢？也没损失什么，还身心愉悦。

“那小梅知道这件事吗？”**你永远也不会怪罪自己的学生，那是你自己的作品**。

“这孩子我不了解，我怕了解她多了，就不想了解别人了。”他又开始煽情了。

“你只能在我的世界里唱主角，她可以给你真实的舞台唱主角。”一朝被蛇咬，十年怕井绳。

“你是我永远的主角。”**窃书不算偷，骗女孩子不算骗**。

危机就是转机，失去一个人是得到另一个人的开始。你给了他救你命的机会，当然也就准备好了以身相许。

## 赢惯了的人从不屑排队

大一的娇，大二的俏，大三大四没人要，还好在没人要的大三有人要了你，可是大四的如期到来，还是有些让人手忙脚乱。**一个人毕业是解脱，两个人一起毕业，无法挣脱。**

有了稳定感情生活的你，还原了高材生的本色，各科成绩全面飙升，辅导员和班主任都推荐你去世界上教育最发达的美利坚合众国，你就选了美国最好的哈佛大学。高哲飞只想陪公主读书，对学校好坏没多少在意，就跟着申请了离波士顿不远的芝加哥，合适的距离才产生美嘛。

高哲飞申请芝加哥，自己申请的是哈佛大学，这芝加哥大学比哈佛大学矮了那么一截。看着那些留学美国，找美国帅哥的女同胞们，你在设想，如果当时没有遇到高哲飞，那现在的自己会是什么状态，会不会仍然是高材生呢？

也许他丰富了你的感情生活，可是如今的他却延误了你的学业。至于学业是为了什么，**其实你更多的是不懂，可是你却坚信它的合理**，只知道拿了硕士学位就比本科生高一头了。

你们一边学外语，一边等待录取通知书。高哲飞的录取通知书很快就来了，而你在等待中得知不需要再等待了——你被哈佛拒录了。一下子高哲飞的芝加哥大学变得那么高贵！

“如果你读到博士，我漂洋过海去西半球陪读。”你的温柔掩盖不住你被拒的伤感。

“你要是那么想去美国，明年去也不晚。大不了我跟学校申请延迟一年入学。”高哲飞以为自己给了一个最理性的方案，可是他不知自己的进退自如伤害了自己女人的自尊心。

“我不会耽误你的学业的！”你起身离开了申请到美国名牌大学的高哲飞。

**你不想被人说没想法，你决定改变一些东西，而你最容易改变的人就是自己，于是你很轻松就学会了自残。**

你把高哲飞拉入了黑名单，再也不见他。一开始你去酒吧买醉，却发现这里的人没有谁能让高哲飞自惭形秽。

你去参加社会上的展览活动，穿上最火辣的时装，告诉高哲飞全世界的男人都在窥视着自己的美貌，**他不用心，你就选择变心。**

想不通，是因为你还不愿接受自己是失败者的身份。**苦思冥想，早晚能找到一个自己赢了的借口，也就消失了事情本来的面目。**

一个很寻常演出的夜晚，夜黑得足以挡住观众回家的路，幸好你叫上了舍友佳蓁一起来，才有了底气抵挡小混混的打情骂俏，“姐我不是那种很随便的人！”

“姐你随便起来不是人！”那个短头发的胖子盯住了你，你知道大事不妙了。你终于掏出手机，两星期来第一次拨打了高哲飞的电话：“深民路，天启展场，快来救我。”

十五分钟，高哲飞带着十来个弟兄赶到，小混混们四散而逃。

天下起雨来，大家就早早地散了。

“我们淋雨回去吧！”**你宁可与猪瞎混来麻醉自己，也不敢面对一段真正的恋爱；玩笑可以开得比天大，正式**

**的爱情却怯场得像杀人一样困难。**

“我先给你看一个东西。”高哲飞从包里掏出了一个信封，信封拆开，大红的“University of Chicago”和浴火凤凰跳跃出来，正是他芝加哥大学的录取通知书。

“看好了！看准了！”高哲飞把通知书递到你眼前，你不明白高哲飞是要你学习浴火凤凰重生的毅力，还是要你检查录取通知书上有没有拼写或者文法的错误。你看了看通知书又看了看高哲飞，录取通知书和他没什么不般配。高哲飞把通知书收了回去，双手抓住，刺啦一声，撕成两半，再叠起继续撕……

“住手！”你扑过来，抢过了四分五裂的录取通知书，扬长而去。

后来你用胶水粘好了高哲飞的录取通知书，并亲自妥善保管，可高哲飞却放弃了签证。

根据计划，你们要上班了，高哲飞因为澳大利亚华裔的背景，很轻松地就在一家外企找了份差事。而有了留学悲剧的你，更相信北京处处是高才生，简历投了几家公司后，每天心惊胆战地等着天上掉馅饼。

如果你的父母是华侨，那你？在学校无忧无虑的你，一直是鄙视拼爹族的，特别是沃尔沃王子那样的土豪之子；**现在的你隐约还有在学校的傻里傻气，因为你还不知道自己同学领的薪水有多高。**

这一天阳光明媚，适合男男女女同学聚会，你就早早地约了几个可以献丑的同学去KTV唱歌。歌唱到一半，沙发上的手机响个不停，以为谁又变卦无法赴宴单独过二人世界了呢，却不想是一个邀请明天面试的通知，名字是“恒泰能源”，企业策划的工作。

你尝试分辨是在某集网还是某聘网站投的简历，事实上你投了那么多简历，早就不记得了有恒泰这家公司，面对被赏识，哪有那么多毛病，你爽快答应了。KTV之行出现变卦的倒成了发起人的你，还好有**高**风亮节、知人则**哲**、意气**飞**扬的高哲飞，你没等到深夜就离开了包间，让高先生收拾残局。

# 上班就是来证明不上班的珍贵

招聘者心里没有招聘的标准，才去找可以推脱责任的标准用于跟同事吵架，比方说文凭了，在校成绩了，有没有拿过什么奖之类的。

面试的时候，人事经理房先生给你展示了高高的待遇，然后问了你一些专业度很高的问题，你回答得支支吾吾，看样子第一次面试就没戏了，屋漏偏逢连夜雨。

你早就知道工作日和自然日的不一样，而这回你清清楚楚地感受了它们真的不一样。

大概三个工作日，也就是五天后，这一天阳光明媚，适合男男女女同学聚会，你就早早地约了几个可以献丑的同学去KTV唱歌。歌唱到一半，沙发上的手机响个不停，以为谁又变卦无法赴宴单独过二人世界了呢，却不想是一个邀请明天复试的通知，名字是“恒泰能源”，企业策划的工作——你得到了这份工作。KTV之行出现变卦的倒成了发起人的你，还好有**高**风亮节、知人则**哲**、意气**飞**扬的高哲飞，你没等到深夜就离开了包间，让高先生收拾残局。

**得不到的东西你往死了骂它烂——同理，得到的东西不管自己喜欢不喜欢，也要见人就夸。**

得到这份重要的工作，你要感谢很多人：首先要感谢自己，自己在大学这几年的勤奋刻苦和悉心经营，终于在这个合适的场合发挥了作用；其次要感谢父母数十年如一日对你经济上的支持和精神上的鼓励；还有信任你的导员和班主任，正是他们在你人生的最低谷，对你喊出最响亮的加油声……你开始过得像拿到诺贝尔文学奖一样。

后来你才知道，人家只需要你甘心做学徒给人家带的形象——而你那双大大的眼睛和留学失意后落寞的表情，恰好就满足了他们这些人庄重的需求。

你不是寝室里最后一个找到实习单位的，最后一个找到实习单位的其实没有找到实习单位。因为她要考研，要争取另一个高人一等的资格，根本就不屑找工作，找个亲戚给盖一个章就完成了任务。可是这些忙人仍然要跟同窗一样进行毕业答辩，毕业的氛围越来越重。

**一个人习惯了在比赛中赢，后来就习惯了赢比赛，再**

**后来就无法适应没有比赛的平淡了。**

你要工作了，**工作就是把不喜欢做的事情好好做**，虽然你早就学会了用自己的双手养活自己。

你穿上了西装，照了五十遍镜子——**西装的整洁，不在于美，而在于不丑**——有老板娘经历的你知道，一开始上班，不在于你能表现自己多优秀，而是保证自己不犯明显的错，少说话多做事！

一扫面试的战战兢兢，在玻璃围起来的办公桌前，你一点儿也没有局促。你的工作是向招聘你的周经理报告，负责审查递到他手里来的文案的可行性。跟你一起来的实习生还有五个：路人甲、路人乙、路人丙、路人丁、路人戊。

马克思告诉过你资本家靠着延长劳动时间剥削世界，而你却愿意提供这份剩余价值——只要被接纳。

重复五天周一的工作，就迎来了休息日；重复四个五加二，就有薪水发到手。发薪水之前，伟大全能的房儒坤经理，总是语重心长地告诉你：“你是新员工里最出色的一个，公司愿意在你身上投资，副经理五个月后会调走，新的骨干从你们五个人里出。”**机遇就是国道修在你家后，你可以每天堵着国道收过路费**。

“谢谢经理赏识，我会以更加努力地工作来争取。”副经理的位子对于一个曾经的老板娘来说，已经十拿九稳，稳得可以让你不在乎，可是你非常懂给自己的领导台阶下。

每个周末，你无法离开高哲飞的怀抱。似乎工作日存在的意义，就在于让人知道非工作日是多么美好，**上班，就是让你知道不上班有多珍贵**。

来学校的时候是湿湿的雨季，毕业答辩安排在干干的风季，暖暖的初夏之风吹热了二十几年征服社会的心。你知道自己很快就有一番作为了，却不知道具体什么时候，通过什么方式，只是知道跟高哲飞在一起的日子，每一天都是新鲜的，不舍得等到明天，夜以继日。

答辩会对于准备好了去哈佛的人来说，是张飞的豆芽，导师的无聊问题让人确信他们那一代上学的时候只学会了倚老卖老，高哲飞十年后的样子，肯定不是这群大叔样的实力派。**强调内在美的，往往是输了美貌的人；强调思想**

**性的，一般是那些输了可观赏性的人——不要夸奖人家是实力派。**

你拿到了学位，戴上黑色的学士帽，穿上黑色的学士服，唱歌，聚餐，留影……一边不舍熟悉的芳华，一边急于主导社会。其实**每离开一个习惯的环境，都会从新考虑离开的理由，可是大三的同学不允许你们大四学生放弃离开的理由，自古华山一条路。**

“我们也算青梅竹马吧？”你被自己曲折的爱情感动。

“现代人，四十岁还算青春期，我们是在幼年认识的，不过我倒是愿意接受在晚的季节跟你遇见。”他总是这样神秘兮兮。

“晚到什么时候，我有一个小孩还是两个小孩？”你不怕一语成谶。

“认识你越晚，你越懂得珍惜。”他的话是说你不懂珍惜？

**“我怕我懂得珍惜的时候，已经失去了被珍惜的资格。**那时候我就再也值不了一辆沃尔沃了。”

“到时候你的孩子值两辆沃尔沃，母以子贵。”他总能找到一个让人哭笑不得的说辞。

“如果孩子不是你的，你会惩罚我吗？”

“孩子不是我的，不已经是对你最大的惩罚了吗？”高哲飞的脸越来越阴沉，你开始反思跟韩帅是不是每次都避孕，突然间你意识到自己已经学会了委屈自己来满足这个家伙的自私，他有那么重要吗？

**挑起事端的人，通常中途逃离现场**，你闭上眼假装睡觉，不再胡说下去。

“每次见你，我的 iPhone 都是调静音的。”你以为他这回忘了调静音，漏接了哪位大人物的电话，“妈妈打过电话来了，我都一直静音。”你觉得自己抢了人家的儿子。

他接着说：“我收到了妈妈的短信，他们选择了在我大学毕业后离婚。”

这一刻似乎逼破高家的是你自己，你依偎在高哲飞的怀里，看着南半球的星空，期待流星划过。

显然，这已经不是第一次在过生日的时候，有人送你那些艳红玫瑰，更不是最大的一束；可是，这

# 末，二三

# 夭桃浓李，像是别人的故事

天下最漂亮的女孩儿。”他，梁伟，说你在他眼里是一尊奶瓶，是就是吧，奶瓶——[illegible]，的确很可爱的。

“14是最不吉利的数字。”其实这个刁难的问题，你也没有答案。

# 最美丽的婚房

**这回的喃喃细语你记得那么清楚，是因为它结束得措手不及**——高哲飞的父母催儿子去悉尼，因为孩子已经大学毕业，高哲飞的父母在异国他乡友好离婚。高哲飞要飞到南半球，去见识某个刘阿姨或者李阿姨做后妈，同时也帮着妈妈物色新的叔叔。

你一下子给父母的电话多了起来，好像离婚不是发生在高家，而是发生在郑家，最好不要发生在新生的高郑之家。

七年前高哲飞开始“失踪”，总是“失踪”，七年后的高哲飞就成了“失踪”的一代宗师了。

似乎七年前的雨，就是在为今年的离别做的准备。有一对错了的人，为了给孩子一个对的童年，硬撑了不知对错的二十三个春夏秋冬。**一对对了的人，却经不起一分一秒对的离别**。

你提着他不重的行李箱，里面装了七个世纪的情缘。

你像妈妈唠叨自己一样，**钱包和护照分开放：别人在**

**乎的，和自己在乎的，要分得清清楚楚。**

“你说女人瘦了，最大的好处是什么？”你以为他愿意解答你所有的问题。

“最大的好处是吃得少了，省老公的钱。”他是不是已经学会世俗了呢？

“**爱自己的女人就要从女人的角度考虑问题**，比方说可以轻松被心爱的男人抱起，比方说跟女人吵架的时候，可以更容易获得旁观者的同情——这些都不是，**女人瘦了，可以装进男人的行李箱，陪他浪迹天涯。**”你已经把眼眶给弄湿，不知道是为自己的聪明感动还是为自己的浪漫经历打动。

“**我这个人没什么大本事，就是能舍得起**，舍得起时间，舍得起思念，舍得起丢人现眼，**只为看你不流泪的眼。**”天马行空的承诺，总是让人向往却又不敢相信。

高哲飞亲吻了行李箱，拉开两杆拉杆，一左一右，镇定自若大步流星往前走，取票，换登机牌，就要安检了。

他随意把公文包和左手的行李箱放进了安检机，公文包和行李箱已经缓缓进了安检机，腾出足够大的地方，高哲飞把右手的行李箱四平八稳搬起，平放在安检机的履带上。

高哲飞的小心惹来了安检小姑娘异样的眼光，他们搞不清高哲飞是坏人还是娘娘腔。

“滴滴滴滴”，喇叭叫个不停，红光乱飞，所有的乘务人员一下子紧张起来，盯着高哲飞，“先生请您打开行李箱看一下。”

“我是外国人，我是用护照的。”**有了特权不去使用特权，就显得自己的特权低同僚一等**。

高哲飞的这番言语，弄得乘务人员不知所措起来，有人已经在通知领导来处理了。

“先生，国外友人和国内人士都一样的，都要符合我们的登机规定，给您带来麻烦，不好意思。”机场工作人员都是训练有素的。

“如果你们认为我的东西不安全，您就把我的东西带走，我单独一个人登机。”高哲飞声音开始大起来，非要

把年轻的安检员吓到才行。

“对不起先生，这是我们的规定。”安检员有些害怕了，因为她看到了监视器上匪夷所思的画面。

“谁制定的规定，净给我们的旅行找麻烦！”高哲飞已经在厉声怒喝了。

“先生很不好意思，这是我们的规定。”安检员已经没有别的说辞了。

“这么一大群人，就你一个人说我有问题，你叫什么名字，给我你的工号看看，我要见你们经理。”高哲飞蛮不讲理。

安检员一看这位危险人物对准了她一个人，吓得不知说什么好，“先生很不好意思，这是我们的规定。”

高哲飞看了看快哭的安检员，又看了看那个硕大的行李箱。他先把公文包背身上，刚才左手的行李箱放在路旁竖好，再开始重复刚才四平八稳地搬箱子。**有权力不要点横，你不知道他权力的存在，有权力不用，那怎么体现高人一等呢？**

行李箱平稳落地，拉链慢慢拉开，里面蜷缩着偌大一个美人，泪水打湿了头发，贴在脸上更显风骚。警察和乘客围了一大群人，你早已记不清他们都说了什么，只记得抱着自己的男人泪如雨奔，管他得罪什么人呢？

人家说，《婚姻法》里离婚和结婚要求完全不对称，离婚要劝你一百遍再试试看，然后要公职人员给你盖章离婚才有效；可是结婚，只要有证人，就可以随便陷害一男一女有了婚姻的契约。

仿佛，好像，按照婚姻法的解释，是整个机场见证了你们的婚礼，只是世界上最美丽的新娘和地球上最英俊的新郎都没准备好戒指和礼服。

**口口声声说找一个区分好跟坏的标准，其实是在找一个说自己比别人高明的借口**，你愿意爱上高哲飞这样的坏人。

如果飞机没有安检程序，你就可以弥补少买一张票的遗憾了，那杆行李箱，是你最美丽的婚房，可惜只住了你一个人。

# 耽误了的青春，才鲜艳

你每天都要给高哲飞打半小时的电话，先用手机，再用 Skype。

似乎七年前的那场雨从没有停过，似乎所有的故事都是为现在的故事做的彩排，你心里只有高哲飞，都已经影响到了你工作中的上进心。**现在的离别是为了结束离别做的彩排。**

似乎韩帅等人从来没有在你生命中出现过，似乎北京就是上海，湿湿潮潮的，宛若坐在船里要上海里去——可是三人行，少了一个灯泡：糊涂哪里去了？

“蚊子，糊涂活着回来了。”阿雅给你打电话。

“那就不能让他活着走了——挤破他的肚皮，扯出他的肠子，用肠子勒住脖子，高挂东南枝。”你已经察觉到，跟糊涂关系更近的人是阿雅，这让你更孤独，更加需要高哲飞。**以前以为爱情是女人的全部，后来才知道爱情只是个心理现象，可就是那么迷人。**

“那就赶快过来帮忙吧，他下水可真臭。”看样子糊涂已经住在了阿雅那里。

阿雅在中关村上班，也就顺势住在了4号线附近，半个小时的车程，阿雅的香闺已经到了。“小兔子乖乖！”门开了，开门的是一个大胡子，长发披肩，两眼无神，仿佛几个世纪没有睡过觉了——隐约还能找到二胡的影子，他不说请进，而是说了一句跟你没有一毛钱关系的事，“我复学了。”

“上学是我们这些俗人做的事，您也随波逐流，放浪形骸了？”**似乎自己就是原来瞧不起的俗人了。**

“是为了跟俗人更多接触，找到俗人所以为俗的原因。今天给一抱小孩的让座，她走的时候没把座位还给我。你**告诉自己要爱全世界，可是世界总有那么些不可爱的人。**”你永远也说不赢这个文艺青年。

“一星期后，他继续去他的彩云之南，”只有哀怨，没有埋怨，这就是知书达理的阿雅，“去给文化找个答案。”

“文化讲的是价值的探索，知识只是知识，没知识的人依旧可以有浓厚的文化：没上学的一些穆斯林有浓厚的

伊斯兰文化；以前那些没接受正规教育的美国黑人创造了蓝调，都是文化，他们对美好事物的判断有清晰的立场。知识丰富的人，如果对价值观没有追求，可以视作现在的存储硬盘，比方说那些习惯骂人没文化的硕士和博士。有文化也没什么了不起，就是多想了些解不开的问题；没文化也不等于犯罪，骂人家没文化的，通常是靠知识获取了社会利益，其实骂的是没能占有知识的人的无能……”现在的你已经听不进去这些形而上的长篇大论了。

“我能猜到，他闯江湖不会带上女人。**不需要尝遍所有的屎才去确定屎是臭的。**”明明你说的是南半球的那个人，刹那间泪水滑落，烫伤脸颊。

七年里，原来那么多故事都有高哲飞的烙印，原来每个雨打芭蕉的夜晚，萦绕你脑海的是七年前的邂逅——可两人在一起的日子没几天，他就飞走了，没有带上伤心的自己，他就从来不怕**心伤变心凉**。

“人们喜欢简单，而真理的构成恰恰是那么简单，这就是人类最大的幸运。做你认为该做的，不管一切，就这么简单。”糊涂依旧以为自己有能力来拯救世界，拯救全世界人民。

“程大人，可小女子是凡人，”你没有不满糊涂的解释，只是不知道自己该怎样选择，“我决定给自己一次冲动的机会。”似乎你是那么愿意在阿雅面前证明自己，你掏出手机，买了去悉尼的机票。

维持关系，就是为了继续美好的感觉，可是贪婪的感觉，总是时好时坏，就像弦函数，有峰有谷，波谷的时候，过不去就永远地过不去了。而这个时候，需要一股力量把弦线推上去，扮演这个推手角色的通常是道德。所以，**感情的持续，道德是必要条件，因为人贪婪，不够理智，不是总能认清自己。**

你带着七年前的幽怨登机了，你问自己，如果能赶上七年前那班出事的航班，将是你一生最大的幸运；而如果这班飞机重演七年前的故事，那高会怎样为自己哭得死去活来。

**说了一大堆做选择的理由，回头一想：其实跟抓阄就**

**没区别**。

“蚊子，我订婚了。”阿雅又发来了让你眼红的消息。

“我让机长折返，希望能赶得上你们的婚礼。”你不想继续嫉妒了。

“你们如果是核动力飞机，就好了——他告诉我，二十八岁以后，我未婚，他就向我求婚，娶我。”这样吃亏的交易，在阿雅看来是世界上最伟大的承诺。

“他凭什么耽误你的青春？”

“**耽误了的青春，才记得住有过鲜艳**。”她的话，你真得费点工夫去理解，也许是一辈子。

## 弱者欺负更弱者

你辞了工作，办了护照，三个星期后告别了父母，飞向了澳大利亚，那里有耽误你青春的人。

**“我想念你不是因为你的美貌，而是因为你和你的容貌都已成了符号。**”高哲飞又开始了他才子的浪漫。

“今天这个符号已经快递到了悉尼，国航CA175承运，地址不明，请Mr. Gao于8:10前到派送点史密斯机场自提。”你短信告诉高哲飞自己马上到悉尼了，这小子不知道大清早在忙什么。

飞机平稳降落机场，**没出现期待的意外**——你原想，如果出现了意外，你的男人是会愧疚一辈子而为你终身不娶的。

你下了飞机，随着人群缓缓走向出站口。总体讲，悉尼机场跟北京的国际机场的高大上相比，简直就是个小丑。一个是2000年奥运会举办地，一个是2008年奥运会举办地；一个是西方理念的发达国家，一个是东方神韵的发展中国家，但是悉尼的机场是小巫，北京是大巫。

你一直在挑选着接机口，高哲飞告诉你他现在身处C口，在机场的边缘。人们一个接一个推着行李往外走，你在人的尽头寻找着路的尽头，望穿秋波……一身运动装的高哲飞举着中文牌子“郑雯雯”，热锅上的蚂蚁一样转来转去，看到你的身影，扔了牌子逆流向你冲了过来。**如果不是为了明天的当机立断，那今天的谨慎只不过是缺失自信**，所以他选择了放开一切。

等女人的滋味可不好受，他等待的时间太长了，就像一头三天没有吃过一顿饭的狮子，像捕捉猎物一样扑倒你，在地上滚着，忘情地在地上吻着……**世界上没有高雅，只有故作高雅**。

机场都是外国人，在浅肤色的国度里你们才是地地道道的外国人，就好比**身处动物园，你们是动物眼里的怪物**，你们做得再出格，陌生人也会觉得“外国人也许都那样”，你们放心地在异国他乡做最不羁的表演。

内心的狂喜让你忘记了拜见高父母的细节，只记得他们都是一脸的欢笑，馆子里吃的是中国菜，似乎大鼻子灰头发的外国人集体消失。

北半球秋意浓重，南半球春色盎然

你们手挽手，用脚步丈量了海港大桥的身长

歌剧院化作杨宗纬的洋葱，散发着幸福的馨香

惹出你七年的相思泪

泪珠跌落，拍打着姹紫嫣红的玫瑰湾

扰乱了你们玫瑰湾上华丽的倩影

又**打碎了闪闪的星星，化作流星，供你许愿**

“来这边定居吧，妈妈要把她的化妆品公司给我。”不知道他想起了什么时候的一个空头支票。

“要我进你们家的公司？”显然你没做任何心理准备。

“哦，对……”为什么他放弃了你们一直熟悉的北京呢？或者上海也行。

“是不是有什么情况？”你直接问了出来。

“没什么，没什么。我一直拒绝继承妈妈的家产，我

相信自己能白手起家。”显然，**商人的孩子还是会几句外交辞令的。**

高的妈妈李阿姨带你逛商场，买首饰，买衣服，吃大餐，每天都是笑脸相迎，却丝毫不提工作的事，所幸你就直接住到了留学悉尼的高中同学佘彤家里去，跟男人在一起久了，还是觉得跟闺蜜在一起安全。

**大人告诉你不能做的那些很危险的事，通常就是他们落后时代的原因。**

“雯雯姑娘，我们家公司是从上海发展过来的，来到澳大利亚全靠着华人的鼎力相助，可是跟当地的同行比，还是缺乏现代的管理观念。非常希望你们年轻一代来公司把公司做强做大。都是自家人，我知道你名牌大学毕业的，我和大飞手里还有点积蓄，希望给你报一个悉尼的学校，让你读硕士，读完硕士来支持公司的运营。”**否定一个人太容易了，只要拿唱戏的标准说他唱歌有问题就行了，只要你足够恨他**，你来悉尼一个月后的一个下午，李阿姨还是把她想好了的话给说出来了。

**没给钱就不叫嫖，你没人格就不存在侮辱你的人格。**

你并没有甩头就走人，而是用了一个星期的时间向李阿姨证明，自己虽然年轻没多少工作经验，但是礼仪道德还是很到位的。

**只是肤浅，你还可以用大俗大雅来狡辩；而肤浅的说教，就是精雕细琢的大便，谁还在乎它的美轮美奂。**一个月零七天的时候，你买了回北京的机票，飞向时值隆冬的北国，那里有一个成功之国。

显然，这已经不是第一次在过生日的时候，有人送你那束紫红玫瑰，更不是最大的一束；可是这

# 申，二四

# 花信之年，优点是特点

天下最漂亮的女孩儿。”他，梁伟，说你在他眼里是一尊奶瓶，是就是吧，奶瓶——法[illegible]，的确很可爱的。

“14是最不吉利的数字。”其实这个刁难的问题，你也没有答案。

## 好好跟猪说话

你再一次发誓，一定要做出个样子给人看，给赶自己回国的未来母亲好看，**有些斗气不是斗气，而是挽回尊严，本来是一件不经意的事，可在遭到质疑后，你就坚定认为这件事有价值了——这就叫自尊。**

你想赢回出国前副经理的位置，然后把自己的简历在招聘网站上发了又发。最笨的广告就是前面的作品，你的经历并没有给你带来面试中层管理的邀请。**有工作经验是好事，被工作经验证明失败，就是别人的好事。**

你要依靠自己的社会关系来成就自己的梦想，比方说阻挡你离职去澳大利亚的房经理。

请遮掩一下自己的丑陋——掩盖好了就叫修养，这样人家才愿意跟你来往。

你热情地诉说着自己多么特意从澳洲给老领导带来了绵羊油，房经理也已经接受了你的邀请一起吃午餐，见了面才知道，他已经离开了原来的恒泰能源。

**尝试失败后，最好的办法是找一个更大的尝试，毕竟**

**宣告新的失败还要很久的时间，到时候第一次失败的当事人早已不在现场了，这样第一次失败就没有人追究了。**

要不然，问问新公司有没有机会，总比散弹投简历去陌生公司上班好一些吧。但是简历还是好好地准备了一张，房经理特意交代了，要附上近期照片。**做的意义，远不在于做出了什么成绩，做的意义在于让你记住了应该这样做。**

好好休息一下身心吧，你制作了一张建造跨国公司的蓝图，到房经理通知你见老总的时候，你已经对这则喜讯没了多大的兴趣。但人生的第一个贵人你不能得罪，还是见了新的老总赵总监，也不知道为什么，现在的领导喜欢别人骂自己奸——总监，总在耍奸。

房经理礼貌性拒绝了一番女士送的礼物，很快就收下了，要你下午去他现在供职的蓝帆集团面试。

**靠谱的话可以学，不靠谱的话才展示你学不好的实力。**口若悬河者，或百密而无一疏，或破绽百出，或满口喷粪，董事长范尘逸给你面试的时候，你选择了有问有答，不问不答。

第二天你上岗了，仍然是给房经理做助理。

又一次作为新来的员工，还长得如花似玉，不同的是这次的办公室比上次的办公室大了足足有四倍。有人的地方就有钩心斗角，人够多的地方，就有够多的尔虞我诈。

**人们大胆地做坏事，不是因为他觉得做坏事有价值，而是因为他了解到做了也不会受惩罚**，比方说你的职位就成了他们做坏事的理由。这助理和文秘没什么距离，这文秘和小秘没什么距离，这小秘和小蜜也没什么距离，到头来你跟小蜜就没什么距离了，你要用实力堵住那些人的嘴。一棵树开什么花，好多时候分不清，只有等到结了果子，果子长成才能辨识，因为树是靠着果子命名的，如桃树、杏树、梨树、苹果树。你被人所知，靠的是你颇具建树，而不是吹牛。

你区分出了哪些是给你工作提供帮助的人，哪些是别有用心的人，**给意见就要负责任，给意见而不负责任的，那叫指手画脚**。大多数人是观棋的人，一个局外人通过发言来证明自己的厉害，因为他不满于自己局外人的角色。

通常，给了他下棋的机会，他是不屑于拥有这个身份的，如果**输棋，他会给大家解释至少三个理由，但理由里没有对手比自己实力高这一项。**

转眼间，三个月的试用期过去了，你拼了整整九十天，**好多事因为必须会，所以不会的变成了会的，于是就赢了那些认为自己不会而依旧不会的**，你成功地留在了房经理身边，还获得了范总的欣赏。

如果一个工作你做得不开心，可是却能拿到很多钱，那也是个选择，因为它让你重视了快乐，然后拿钱买快乐。

好多生命的转折点，总是看似跟你无关，无任何预兆地来临，比如这次房经理出事。

房经理出差广州，在东莞被抓现行，老婆早已起草好了离婚协议，就等着这次的证据，要他人财两空。平日的亲友，也没几个愿意露脸趟这浑水的，都敬而远之。财产的分割好像取决于站队的规模一样，房经理这边门可罗雀，老婆那边人满爆棚，于是房经理只拿了共同财产的十分之一。**顺我者昌，逆我者抓你嫖娼。**

原本房经理是不会在离婚协议上签字的，只是经不起黑社会的恫吓：**越是能赖，越是在暴力面前乖**。房经理接受了离婚协议这张文明的契约，而保住了十指的完整。

被老婆算计了，就是天大的本事也无力在知情者面前抬头，房经理从北京蒸发。在公司留下孤零零一个24岁的小姑娘——唯一熟悉房总原来工作的人，你就成了临时的销售经理，直接对赵总监报告工作。有钱打到酒那不叫本事，没钱打好酒那才是能耐。

**鸭子上了架，才认识到自己原来也可以飞得很高**。你甩开了膀子无所忌惮地拼了起来。两个月后，你工作没出现什么差误，索性范总直接把你扶正，你做了正式的销售经理。**你信不了一句话是真的，却愿意它是真的，你就把它背下来，每天朗诵，总有一天你可以心安理得地去骗别人的，也许最后就能骗到老天爷，给你一个同情**。

这一年的生日，你买了车，POLO，有了车，你就向往房。房子的主人却不在你身边，你要的幸福，也许就在幸福酒吧，你一个人喝了一个晚上。幸福是什么呢？父母健

康是幸福，事业有成是幸福，有人追求是幸福，爱的人在身边是幸福——最爱的人不在身边，有人说那是酝酿幸福，就是不知道这酝酿的幸福，什么时候才能品尝得到。**划分问题，是制造问题，然后回答新问题来逃避解决问题。**总之你迷上了回答什么叫幸福。

你每天都有改变自己命运的机会，比方说这回，范总有关系拿下世博会的大单，可是自己公司资质不够，非得要找上市公司的服装厂才能对接相关组织。你一下子就想起了褚继国，一打听，三年过后，褚继国的服世汇已经成了上市公司。你张口答应了范总自己能搞定这件事。

**你答应了爱全世界，却发现那么多人不可爱；你答应了做一件事，才知道是棘手的事。**

他女儿抢了你的男朋友，如果没有业务的往来，你是不会给他们家一点和好的机会的。

有些人，你发誓一辈子都不会跟他打交道，有求于他，那就是另外一回事了——**发誓，就是错误地笃定了不会有求于某人。**可偏偏你想坐稳销售经理这个位置，你想打消总经理对你能力的疑虑，让那些对你职位虎视眈眈的家伙像师大门口的琴手一样放弃他们的痴心妄想。

你告诉自己要去做坏人，却言不由衷，口是心非，唯唯诺诺，诚惶诚恐，举步维艰，想失败一次都成功不了。

事情拖了三五天，你有了新的想法：都是为了工作，褚继国不再是罪人了——他欠你很大的人情，他要通过在生意上帮助你，来救赎他们一家人心里的愧疚。

你开着新买的车去找褚继国，准备要好好跟这个成功的男人谈一下。你回忆了曾经在他面前那么骄傲地当过老师。你问他最近忙什么，他说，**有时候忙着赚钱，有时候忙着准备赚钱**。

## 工作着工作着，就活成了工具

褚继国早已经搬离了原来的府邸，看来财富的档次，处处需要搭配。**知道得更多，是为了鄙视知道少的人；拥有得多，是为了不被拥有更多的人鄙视——跟人比较，才是人类历史的主旋律**。你只能派人去服世汇总部，正面约谈褚继国。

消息来了，约尊贵的郑雯雯女士12日周六下午三点在庆瑞街拐角咖啡店共饮下午茶。

你一点钟就到了这家咖啡店，环视一周，确认没有富翁到场，你安心地坐了下来，掏出iPad，做一些亦公亦私的任务，打发时间也要留些商务范儿。

**总说有些事恶心得让人吐，要是有机会做那些事，你可以把吐出的都吃回去。**

两点五十八分，你看到一辆红色的宝马跑车绕过咖啡店门口，停了下来，走出了一个风衣墨镜的中年男人——没错，这就就是褚董，三年的光阴没有在富豪的脸上留下一点痕迹，只不过这新的行头展示了他更加的沉稳。**你一**

**边骂着他肮脏，一边告诉自己你需要的就是这个肮脏的人。**

你装作没看见，他来到你身边的时候，你也没有起身打招呼，直到他喊你郑老师，你才给出职业的笑容，等他入座，你呷了一口咖啡。**气质，很简单，就是不理人。**

“郑老师！好久不见，变郑总了，这么年轻的总经理，让我们这些老家伙肝儿颤啊。”商务人士说话，总是让人有哪里做错了的强迫症。

“褚董笑话了，**发了点小财，差点没被不发财的朋友骂死，你的成功在失败者眼里比拐卖妇女都罪大恶极。**现在我也靠自己买得起一杯咖啡了，只是水涨船高，原来叫褚哥，现在没这个胆子了。”**现在流行一种自大的方式叫谦虚——你想看我的能力要买票**，你为自己巧妙地抛出她女儿的话题而自豪。

“哪里的话？山不转水转，水不转人转，走走转转，想想看看，世界上就没有转不过去的弯。诋毁一个人，是因为怕这个人，怕他什么呢？怕他有而你没有的东西。别人一提到这个东西，他就找各种牵强的理由说这个东西有

问题，他会动怒，他认为夸奖自己没有的，就是贬低自己，甚至都能骗过他自己。**坏人只有一种，就是不欣赏你的人。**如果你不是很擅长撒谎，要说实话的时候提醒自己沉默就行了。**罪恶出在对方的眼睛里，而不是出在自己的身上。**”他盯住了你眉毛上的几缕发丝。

你的仇人决定了你的高度，所以不要随便跟人计较，让人扯低了你的高度。**犯规，本来就是游戏规则的一部分，并且还是大部分。**

“褚董说的是，处世的智慧，还得一点点跟您慢慢儿学。我也是硬着头皮来请老朋友帮忙的，在您看来只是一根汗毛，拔下来却比我们的腰粗……”话接正题，你没有掩藏地把服装订单的来龙去脉给了个和盘托出。

**职业素养，就是把自己想做的事，找个理由说成是责任。**

他答应得很爽快，后来你才打听到，他为了这份合作，连着召开了七天的特别会议，每次都开到晚上八九点。

事情顺利了，时间总是过得很快，在匆忙中单子成功做完，世博会开幕前你们开了庆功会。原先那些你毕恭毕敬的老领导，一个接一个向青年才俊郑总经理碰杯致敬。你察觉到了，自己已经成了梦想中的成功者。

你没有一丝瞧不起这些老领导的想法，因为你的想法都在范董的身上了——你在蓝帆集团已经是一人之下，数百人之上了。

最能麻痹人的还是工作，并不是什么梦想，因为工作让你必须融入到你不喜欢的环境里，让你离开原先不能自拔的世界。

你渐渐认识到，这种小公司家族式的管理方式，严重影响着公司的现代化进程，从前是大鱼吃小鱼，现在是快鱼吃慢鱼。

**前功尽弃的白话文就是："我来补充两句话。"**

你跟范董提了几次减少董事会执行的权力，把公司常务彻底交到CEO手上。赵董每次都是感激你对公司的热心，并告诉你会在合适的场合推行你提出的改革方案，但是要补充两句话："要找合适的时机，不能操之过急。还有你

方案里的……” **没有前瞻性的理论，作用非常大，除了可以娱乐，还可以让别人自豪能辨识出它可以娱乐。**

在一次赵董的堂弟赵咏硕干涉你们销售部门的人事安排，你在会场厉声怒喝他的行为不职业，赵咏硕摔门而走。**杀人的是刽子手，可你只能怪刽子手这份工作——不是你在得罪人，是你的工作在得罪人。**你提交了请辞信。赵董推脱了两周，还是不情愿地在请辞信上签了字。**“为了气派，用导弹打蚊子，最后只付苍蝇拍的钱。”**你对他们的迂腐和吝啬实在忍无可忍。

你很快便被褚继国高薪聘任为总裁助理，然后用了半年的时间升为副总裁。

## 舞台站久了，就必须当主角

你兴冲冲地跑到褚继国的身边，跟自己心里的英雄并肩作战，这叫希望大。

你认为跟褚继国合作，是摆在眼前的也是最快的成功之路，至于其他的，就让其他人想去吧。其他的，是指人们认为你对褚继国有爱慕之情。你时时刻刻告慰自己，这只是对英雄对长官的憧憬，这不是爱慕。**买的是灯，就别去寻找它照明之外的功用了。**

至于不能是爱慕的理由，你可以给出一箩筐：虽然他老婆没有意见，因为已经不能发表意见。想想高中时候梁老师那荒谬的一幕，再怎么说，现在你要在社会上生存了，不能自问“做了又怎么样”了。你心安理得地跟在他身边。

为了展示你对褚继国的不是爱情，只是成功者对更成功者崇敬，你进褚继国的办公室，总是虚掩着门，让人们不去胡乱猜忌；而你谈话的内容也总是公事。

都说力的作用是相互的，往往**爱一个人最大的理由，便是察觉到了自己在被爱，一个勇气的话题。**

有你在的时候，褚继国对年轻下属总是比没你在的时候苛刻一万倍。你也知道这是表演给他心爱的女人看的，但你没有做决定制止这一切。

你问成功最近的路是什么，他先告诉你，**想成功就不要得罪人，再去做逼着你得罪他的事，他的成功就指日可待了**。然后他开始问你你的私事，跟男朋友关系好不好之类的，而你总是找办公的事给扭转过来。比方说公司有多少商业秘密自己不能参与，而褚继国却在此时乖乖地把公司的机密告诉了你，以为能换来你个人生活更多的信息，可是你总喜欢得罪人。

**萨特说，每人都是别人的地狱——是美人都是别人的地狱吧**。

你原本只是想好好工作，在成功的时候享受人生中的掌声，可是这一掌，拍到了你的好搭档小康的脸上：因为在早会的时候，年轻单身帅气的小康提出了公司在工业设计上的改革方案，小康的方案被褚继国说成是王安石的变法，然后又说了一大堆宋朝的灭亡本质上就是王安石变法给宋朝的经济种下了祸根，反正会上没有人研究宋朝灭亡，他就可以随便说了。**修改掉一个东西的概念，再去骂它，这样我借口就容易多了。**

**夸奖同事是展示自己的眼光，批评同事是告诉大家责任不在我。**大家跟着一起数落小康的越俎代庖。

你傻傻地给小康投出同情的票，奸诈，你还只停留在技术层面上。你向褚总诉说眼前跟小康搭档的西安司路项目非常复杂，找人接替不好衔接。褚继国只说了一个“我知道了”。他语重心长地告诉你：**理性不是一遍遍地推理，而是按照自己答应的去做，并执行到底。**

过了一天，你司路的合作者变成了四十岁的女士刘姐，小康终究离开了公司。**不仅没逻辑，连中国逻辑也没有。**

两个月后，司路项目收工，收益只达到了预期的三成，你销售经理的职位让给了新来的四十岁的刘姐。新官上任后，先要灭掉两大敌人：之前的角逐对手，之前领导的班子。于是你周围少了很多熟人，多了很多新面孔。无助的时候才认识到，在大集体里，拥有小集体是多么的重要。

你懂得了珍惜这里的一切人、一切权力、一切隐私和机密。

你重新做回了总裁助理，不再单独跟社会上的男士有商业上的来往。**如果你没觉得他很贱，那就是你贱**。

人总是崇拜着扭转乾坤的成功者，就像臣民对国王的憧憬，你可以犯贱地给这个王者做奴仆。

有些人可以永远都没有错的：违背道德的时候他就说那是迂腐的教条；触犯法律的时候他可以责怪立法者的肤浅并自己倒霉撞了枪口；违反人伦的时候，他更可以叫嚣给人这个灵长类裸猿寻觅了新的存在价值。**商人是个偏意词，后面的人字没意义！**

你原以为自己并没有做女王的冲动，细想来，只是眼前，没有出校园的时候，你对中层管理者是多么不屑。

可有一天，这个王者不再去扭转乾坤，而是要扭转你的世界的时候，你必须在惊慌中扭转他的世界。**人们追求的平等与自由，往往是高人一等和自由地束缚别人的自由**。

你不干掉他，他就干掉你。**舞台站久了，你就必须当主角**。

# 酉，二五

# 摽梅之年，谢谢你

# 再也不提就是只放在心里

你开始经营怎样干掉褚继国，制定了“驱韩”计划：

第一步，先抓住褚继国的把柄，以防万一篡权失败，可以拿他的把柄交换留生路。

第二步，联合公司里不得志的人，组成“在野党”，定期开会，行动组织化，筹划上台。

第三步，挖掘褚继国的合作伙伴，给他们介绍新的合作方，用来减少他们对褚继国的依赖。

第四步，寻找褚继国的对手，**敌人的敌人就是朋友**，组成倒褚同盟，用褚继国的仇人完成对褚继国的最后一击。

你的“驱韩计划”已经成功走完了两步，在褚继国身边这么久，寻找他的把柄还是很容易的；世界上总有人见了什么都反对，自以为是，认为自己怀才不遇的更不在少数，第二步进行得也很顺利。

你梦见自己成为女王，法外开恩，释放关在监狱的褚继国，就在此刻警报声响起——高哲飞来电话了，“亲爱的，我已经把自己邮递到北京了，请于8点10分到国际机场取货，过期不候！”

“我已经习惯了没有你的生活，你这个人太自私。”你已经意识到了，自己在高哲飞面前已经不再软弱，也许他永远也分不清软弱和善良的界线，分不清认输和退让的界线。

“我习惯不了没有你，我也没有强迫自己去习惯。”好多时候，**人们去说一句话，不是因为认为它对，而是因为他觉得听者会接受他的说辞，于是才勇敢地去表演。**

“也许你对我的不是爱情，而只是依赖。”你原本只想让高哲飞成熟，能像自己一样独立拥有一片蓝天，然后他去顶天立地，做一个成功者，做时代的大英雄。

“依赖本就是爱情的一部分，”一年了，高哲飞在你眼里一点儿都没有成长，还是那个不谙世事的公子哥，“**职场的成功，也不过是让生命多彩的游戏**。拿第一就有脸面吗？妓院也是有考核的，按绩效发薪水，还搞年终评优呢。”

高哲飞脱口而出“妓女”一词，让你感觉十分不爽，更加惋惜这个轻狂少年的幼稚。**不撕破脸，并不是不得罪人，而是得罪了他，他可以忘记。**

高终于说服了母亲，来北京开分公司，也动了高母的元气：她那些得意的助手，感觉一朝天子一朝臣，一个个决定离她远去。

**不要等到推销的送上门，你才知道原来好多东西你不需要。**人去楼空的高夫人，一下子觉得，对自己最重要的是人，自己的儿子，还有原来自己深深爱着的COO乔治，她想退居幕后，休息一段时间。**处心积虑弄来了想要的东西，只是证明了从前的东西更好。**

你在首都机场接到了高，一下子扑在高的怀里，时光仿佛一下子回到了一年前的悉尼，你忘了自己已经是成功女性了需要注意形象，一个不小心，眼泪夺眶而出，才意识到这一年多的时间，自己过得多么委屈。

互相欣赏，那不是爱情，那是自尊的交换；互相关心，还不是爱情，只是一段亲情；互相体谅，那是信任；互为自己，才是爱情。

“你怎么才回来！我再也不去褚继国的公司上什么班了，我对不起你。”像所有受委屈的女孩子一样，你心里忌惮着褚继国，把屁大的事说成了天大的事，仿佛医生的口吻：“要是晚来十分钟，天就要塌了。”

“褚继国他对你……好了，都是我不好，在本该陪着你的日子里缺席，那些事就不要再提了。”**再也不提，就是只放在心里。**

高哲飞以为自己已经戴了绿帽子，可是见到心爱的人的喜悦，已经不允许他追问太多。

**跟上帝解释清楚了，那代表你聪慧；跟一个人解释清了他不敢听的话，说破即是错。有多少人在乎真假而大于自己的尊严？**

这几个月的巨大压力突然无征兆地释放，你已经瘫软在高哲飞的怀里，根本就没听清高说了些什么话，只会胡乱地点头，只会唯有泪千行。

高哲飞坚强地告诉自己：要做一个有担当的男人，给女人改过的机会。你们天真地以为有真诚和真情在，一切都会跟一年前一样，跟八年前一样，他会傻傻地接受你的道歉。

你把请辞信给褚继国，褚继国没说二话，立刻安排财务给你核对余下的薪水，三天后给你在离职证明上盖了章。你先行告退，急忙赶回高府帮助高筹备新公司。

夫唱妇随，本来天经地义，可是在习惯了赢的褚继国看来，你的行为是背叛，因为他认为他已经征服了你的心：**得不到只不过让人伤心，可得到又丢失，那可是侮辱，必须动怒，动怒就要发飙惩罚点燃自己怒火的肇事者。**

你认为褚继国只不过是个奸商，只是控制欲太强，强到只要有逼迫别人的机会，就不会退一步海阔天空。你放松了在北京跟你关系最近的两个男人的警惕。

你职位的继任者小陈，需要上海和杭州最新的销售数据，可是她怎么也弄不清是A6、A7与A19之间数据的关系，而褚继国那时是那么快地安排你走开，你早已经离职。

褚继国给郑老师打了电话，希望以后有更多的合作，

眼前需要郑老师协助他的新助理完成工作。

**面对自己的丑陋叫勇敢；展示自己的丑陋就叫无耻——勇敢和无耻毕竟还是有界线的。**

你正跟高在办公室里忙得团团转，褚继国却要你进行工作交接，你随口告诉褚继国，没时间。褚继国像被惹怒的狮子，再次打电话过来厉声怒斥你没有职业道德，你勇敢地把褚继国的电话拉入了黑名单。

他把你锻炼得又冷血了一点点。

## 为了听实话，什么谎都撒

"雯雯，我明白了。"就在第二天，最熟悉的声音像发现了新大陆一样，骄傲地跟你分享着他的绝妙推理。而在前天晚上，他不见了，手机关机，他所有狐朋狗友家，你都检查过了，不见其人。

"你明白你人在哪里了吗？"你原本想骂高哲飞人间蒸发的幼稚透顶，却又怕他做出更幼稚的事来，就像幼儿园的阿姨给小朋友提问题，也许这样的玩笑能给高哲飞带来轻松。**问自己做了又怎么样的时候，再问自己一句，有什么理由必须这样做。**

"是他设计的我，我要去派出所跟民警说清楚，是他杀了人。"果然有大事——杀人两个字一说出来，不管是谁干的，都意味着逃不掉的麻烦，你只能装作虔诚的听众，等他把话说清楚。

"亲爱的，天塌了，有我跟你一起顶起来。"女人能顶半边天，不用电影电视的教导，你也会跟自己心爱的人并肩作战，同进同退，荣辱与共。

“我马上就去九龙岩派出所，你告诉大家做好准备吧，事情不是那么简单，爸妈都要通知，让他们想办法，你先带几个人过来，一定不能一个人来。”他的谨慎让你放心他精神是正常的，你也听明白了他的交代，可就是不知道发生了什么事，**就像有人告诉你印度人是怎样发明了阿拉伯数字。**

你按照高哲飞的吩咐通知了亲友，又叫上了公司的老刘和小王，一起乘车奔向九龙岩派出所。

你东瞅西望，再三打听，才知道你的老公已经被拘捕，理由是涉嫌过失杀人。

铁窗里关着的高哲飞，脸色苍白，黑眼圈霸占了脸庞的一大半，看上去老了十岁。

他告诉你，润通享的庞经理邀请他去谈公司筹备的事，他开车驶进一段狭窄的巷子时，接到了陌生人的电话，听筒里传来了你郑雯雯床事的声音，很快收到了一条彩信，手机屏上出现了一张你在床上的裸照。

他精神崩溃，这时候车前闪出一人，他已经无法躲闪——人被他撞死了。

他开车在河边想了一晚上，他要给家人一个好的交代，才能让自己的女人和亲友知道发生了什么。

他弄明白了，是有人设计了要他负刑事责任，这个人就是褚继国。

高哲飞看着你，仿佛刚刚入住这个星球，而你却容不得他对你有一丝的怀疑，因为**九年来一个人对你长久的信任让你觉得，他已经给了你不怀疑你一切的承诺。**

你带着民警，找移动公司调出了那段电话录音。电话是一个新疆联通的不记名电话打过来的，经过三天的煎熬，侦查专家证实这段录音只是一段日本视频截取后经过处理的音频。可是你认为，能把声音做得这么像自己，显然是熟悉你的人。而那张不雅照的女主角，从头到尾压根儿就没露出过正脸。

你知道高哲飞认定了策划这一切的是褚继国；可你是女人，你的第七感觉告诉自己，这个熟悉你的人，另有其人，因为你知道高哲飞是自己的第二个男人，褚继国什么

都不是。

高的父亲赶回北京，马不停蹄，动用各方力量，花费巨资，搜集褚继国的把柄。其实只要花点工夫，找一个商人的罪，还没那么困难，何况，还有在他身边做助理的你。

**为了让别人说实话，可以什么谎都撒。**

八个月前有一笔钱是用来掏空扬州一家丝绸厂的，你把传真发到褚继国的公司。同时高父已经搞定了褚继国三家主要订货商和两家亲密伙伴，并在海外发布服世汇公司诸多股市违规操作的证据。服世汇很快在上海证券交易所停牌，褚继国资金链完全断裂，公司运转停滞。

# 尊重人就是尊重人的动物本性

你来到了熟悉的咖啡店，只是不再有熟悉的紧张，虽然依旧是关乎命运的重大谈判。你检查了褚继国掏空的证据和偷税证据，后者尤重，能够让褚继国在监狱里蹲上几个春秋。

褚继国姗姗来迟，西装革履，大背头梳得比从前更光亮，因为他绝对不允许自己在你面前漏出一点落水凤凰不如鸡的样儿。

**一个巨星的陨落，你看到的是他的不在状态渐渐增多，受伤渐渐增多，然后在大家期盼中，都以为他重现巅峰的时候，其实不过是回光返照，就像时光倒转的灵光乍现，最后走向平凡。**

“褚董早。”你都以为自己一辈子都不敢对这个恶人有些许的不尊重，就算是战争，你也要毕恭毕敬地推进。**你在乎的，就体现了你存在的价值。**

“郑老师客气了，”褚继国落座，“直接进入正题吧，你手里拿的东西，我的办公桌上都已经见识过了。你是年轻人，说监守自盗之类的话，那就是欺负晚辈了，但总而言之，

你我都是生意人。世界工厂，也是世界烟囱，为了一群人生存得更好，不得不做些自己不情愿的事，谁也逃不掉。”他看似给你的罪过开导，倒不如说他在为自己赔了夫人又折兵的失败找借口。

“褚董教训的是。只是现在矛头指向了我的家人，长幼尊卑和礼仪道德都得靠边站，您说是不是？这材料还是给您再过目一下吧。”你把刚才检查好的文件递给了褚继国，褚继国扫视了一遍。

“你男朋友的事，我不能做什么，要做，我们只能做假证，证明他不在场。”**在妓女和商人眼里，一切都只是价格问题。**

“您做不了什么，您也知道些什么，韩帅他人在哪里？”你没有绕弯子，直接就问。

“和小梅都在美国，别的无可奉告。”**有一种错，叫不替别人承担错，人家会说你天真不懂得世故；还有一种错，叫替别人承担错，你那是侮辱犯错者的责任心。**

你跟褚继国商定了要褚继国证明事发当天，高哲飞和褚继国在褚继国的办公室谈生意，高哲飞比肇事时间晚一个小时，他的车撞到的，是已经死亡的尸体，真凶另有其人。

你把谈判结果报告了高父，高父坚持要褚继国交代陷害儿子高哲飞的罪行。你告诉高父，主谋另有其人，叫韩帅，一个年轻人。他问你为什么这么说，你没有回答，他也没再问。

**悲哀的是，智慧来临的时候，容颜已经老去**；最悲哀的是容颜老去的时候，智慧没有来临；最最悲哀的是两者与那人无关。在你看来，高父迂腐之极。

“不是褚继国干的，是韩帅。我没有第三个男人。信与不信，不在于客观证据，而在于你觉得重要不重要。”

高哲飞安慰你：“成功的商人是能辨清真假的，除非动了他在乎的人。”

他没有提自己对你信不信任，而只是给自己的父亲找了一个下台的台阶。

**他们可以原谅你的所有错，可他们无法原谅——你本身就是个错**。你开始用一个成功者的身份瞧不起这群早年用歪门邪道发财的土包子，这么简单的逻辑他都不懂。

你偷偷去查韩帅的下落，而高父则去寻找褚继国设圈套的证据。

机体总有老掉的时候，倚老卖老，历史就是负担。年龄是财富，也是负担，经验是法宝，也是累赘。

高母因为挂念儿子，心急如焚，往北京赶的时候，出了车祸，摔断了腿，住进了医院。

为了安抚高哲飞和他的家人，你暗示高哲飞向自己求婚，他如实做了，在你无名指上下了誓言。你们订了婚，婚期就是开庭宣判的日子，不管宣判结果是好还是坏。你并没有把这个慈善的决定通知自己的父母。

戴上婚戒的你，并不觉得自己是世界上最幸福的公主，反而觉得自己是圣母玛利亚，是观世音菩萨，你是来拯救他们高家一家老小的。

虽然，这已经不是第一次在过生日的时候，有人送你那束红玫瑰，更不是最大的一束；可是，这

# 戊，二六
# 金屋阿娇，岁月的呼吸

天下最漂亮的女孩儿。”他，梁伟，说你在他眼里是一尊奶瓶，是就是吧，奶瓶——法国产瓷器，的确很可爱的。

“14是最不吉利的数字。”其实这个刁难的问题，你也没有答案。

# 法庭上的婚礼

高父搜集到了死者的一些信息，死者是某乞丐团伙的人，高父也拿到了褚继国的合作人跟这伙人来往的证据，但因为时间紧，高父没能查到褚继国直接跟乞丐团伙来往的证据。

**历史悠久的结果，就是老态龙钟**。高父依照褚继国要害自己儿子的思维，认为他拿到的证据足以证明褚继国就是这宗车祸的幕后真凶。而你已经查到了韩帅在三个月前已经一个人回国，小梅已经真的怀孕，独自在美国休假。

审判开始，你和高哲飞一家，认为一切都在掌握之中。

高父原打算在褚继国先提供证据证明当时高哲飞不在现场后，再向警方提供他掌握的死者跟褚继国有瓜葛的信息，让审判中断，腾出时间来查个水落石出。

**满足需要最有效的办法是让你不想要，这便是宗教**。

你跟高父先后安排人做假证，证明高哲飞在死者罹难前两个小时一直在自己公司，他出发时撞到的是已经死亡的死尸。**蠢就是让期待流入记忆，真假混淆**。

计划中褚继国要出庭发言的时间到了，可褚继国始终没能出现，来的却是门口的快递员送来的高哲飞肇事的电话录音——高哲飞清晰的说话声，紧急的刹车声和错愕的惊恐声。

**同样的故事，史官记录了不一样的历史，都认为自己没有说谎，其实是说谎的那一刻被自己忘了。**

高哲飞误伤致死，罪证确凿，当场宣判有期徒刑一年刑，缓期一年执行。这样的宣判，意味着只要这一年里高哲飞不犯事，他的一年有期徒刑也就赔钱了事，可是你们要提出上诉，为了家族名声，为了个人尊严。

高哲飞告诉你，婚礼如期举行，只是高家没有请亲戚朋友到场。

# 一闭眼就能看得见

高哲飞没有带你去领证。

**做了错事找借口，不是个好的办法，好的办法是说没错。**

“我逃脱不了普通人的自私。**我们都太乐于给别人制造信仰**，在为了证明自己对而说服别人的时候，自己也被自己明知的谎言骗倒。”他自以为是地给你最诚意的解释。都已经零距离，他却还用远方来证明自己。

**不能说自己变了，要说以前没看清而现在重新认识某人了，这样就是他一直在伪装，自己就没责任了，变被动为主动。**

“终究意难平，我没资格怪你。”如果一切都只如初见，都如五年前，都如他没有得到你，他是没资格怪你的。

“很多时候伟大的梦想是这样的，它只不过是一个纯偶然的误会，后来被锻炼成了参天大树，成了生命的支撑。你永远是我的最爱。”你相信一个自私的人，最爱的始终是自己，他的爱，只是在自己孤独的时候，对一些给过他

温暖的女人，掺入了一些童话的幻想。

**我们孜孜不倦追求的，是一个选择放弃的权力。**

“最爱，也就意味着，永远是你的最恨。”有爱就有恨，你认为也许他的心胸永远也就这德行了。

“**原先我想做圣人，慢慢允许自己做小人，后来发现自己是个坏人，总是在别人面前做恶人，怕有一天自己就不是人了**。人都有无限的恶，在行动上恶要有度，不为别人，只为自己，为自己生存有个能继续的环境。”他自己说的真小人，总也好过伪君子。

“**我道德也没好到哪里去，只是胆小不敢做坏事**。C'est la vie，这就是人生。”此时此刻，你觉得自己是个大人了，因为你面对的是一个孩子。

“如果我不错的话，那就是你错了？所以只能是我错，因为能共鸣的，早已经共鸣完毕，现在只有分歧，只有观点的对立。当我站在你身边带给你的只有痛苦的时候，我的任何想法你都认为错的时候，那安静不如安息。我永远是你停靠的港湾。”也许他是真诚的，可是你觉得这个陪了你十年的人，原来是这么虚伪的家伙。

**“爱情就是赌局，宁愿信一回，倾家荡产而鲜有赢局，就是去赌场的结局。**我累了一定会找你的。我不是圣人，可圣人是我也不过如此。”你在纵容他的自私，人毕竟是人，女人毕竟是女人，你毕竟不是圣人，可圣人是你也不过如此。

**从前遇到困难同舟共济，现在遇到的困难是舟坏了。**

如果他这时候拥抱你，你一定会泪崩的，你转过身去不给他机会；你不想听到他脚步交替的声响，那声响会掩盖你的心跳。他脚步的频率没有变低，应该是已经走远。

**心有灵犀，就是你不说，他也知道怎样可以一刀插死你。**

也许他的意难平，只是你自己容颜老去的借口，你收起了屋子里所有的镜子——你不敢打碎玻璃的家什，因为这回要是自杀，就没那么幸运被人及时发现了，更因为你觉得自己的生命不再尊贵得揉不得半粒沙，它已经容满了沙子，或者说，你的自杀诅咒不了你恨的那个人，那个人

已经死心。

你恨一个东西，就努力找它所有方面的不对！

你拨通了褚继国的电话。

“褚总吗？”

“你是……郑老师啊，什么事？”

“当年韩帅留在我这里的一些东西，您帮我给他带过去。我朋友从云南带来的一点虫草，这个你跟小梅都用得上。小高官司的事，您已经尽力了，我们高家跟您也不再纠缠了，从此依然做朋友。”你开始称自己是高家人。

“我和你？”

“小冯他们也去。”

“好的，好的。”

**能让你恨的人，都是有能量的人，你没有信心赢得了他们，恨是面对无把握现实的强烈焦灼心态。**这个时候，谁出现在你的世界里，你会把仇恨转移到这个倒霉蛋身上。

然后就约了时间。

他答应了你的约会，你觉得嘴里好咸好咸，是嘴唇流血了，的确是嘴唇流血了——你的牙咬破了嘴唇。

**你出轨，是对方出轨一百次最好的理由，这就叫心理平衡。**

每个人都这样恨着一个人，你认为自己的一切不幸都源于他，可你判断他已经强大到你绝对不是他的对手，而你却希望用最彻底的方式消灭掉这个仇家，于是你想杀了他，只要你有足够的勇气，因为理由已经绝对足够。

你涂了好几遍口红，因为总是不够鲜艳；你补了几遍妆，因为总是被热热的液体划坏。你跟对面看着自己的大美人说再见——不，再也不会见了，是拜拜，Goodbye forever，见华仔耶和华去了，见小马哥马克思去了。

**熙熙攘攘的街头，见不到人，只有人类，皆为利来，皆为利往。**

大街上曾经注目你，品你头论你足的人，突然间不值得去骂了，你知道你骂的最多的，是褚继国这个没有自知之明的家伙——这个老狐狸会不会起疑心不去。你掏出iPhone——你开始舍不得你10级的小鸟，还有偷了5年的菜，刚有资格成为高级果粉，现在却……都是因为这个老王八蛋。

你打电话约跟褚继国共同的朋友，只是见面时间推迟了一个小时——你觉得一个小时已经足够安全。

路边街角咖啡店，没法再见他一面。你进店坐了下来，因为你知道王八蛋还没到。你看了看周围熟悉的座位想找熟悉的人，这里窗明几净。你看着外面的街道，人来车往，却没有声音，完全与你无关——就像是可以开关的电影，完全是彩色的默片。

你开始在想，也许不用同归于尽，你杀了他而不用偿命，可是又不能哭，所以命令自己不往死的方向想，**只把行刺当成是一项任务，跟写一份可行性报告是一样的**——你突然一下子笑出声来。倒霉的褚继国就在你破涕为笑的时候赶到，你更开心了，因为没了心理压力，你的这项任务将会执行得非常轻松。

你客气地站起来的时候，却知道自己的双腿已经睡着。他不停地问着你，你不停地回答，只是不知道他问的是什么，也不知道自己回答的是什么。

“我去趟洗手间。”这回双腿乖了起来，谨慎地服从着你的命令。

你开始笑了起来，这样你就可以安全地走到有效出击范围了。你先找到了口红盒，笑得更自然了，引来了他对你笑容的复制。你在包里一阵乱翻——突然眼睛朝玻璃窗望去，他依旧复制了你的动作，好像外面有人打架，他却一直找不到肇事地点，你顺手把西瓜刀朝他的肥脸猛刺过去……

头好痛——熟悉的天花板，对，这是自己家。前面坐着的分明是赵和小玲——腿好痛啊。自己已经穿着睡衣躺在床上了。

他们跟你说，你把褚继国的大脸捅了一个大窟窿，从前你说**他任意在脸上改变一下都会比原来好看，这回他捡便宜免费整容了**。他们还说你用力过猛摔倒在咖啡店里。

后来听别人说，是小赵用长春的一个哥们儿一根肋骨的代价，拿了褚继国外甥的书包，褚继国才就此罢休。于是你和高两人，都可以安心地继续自己的人生，继续自己的灿烂，继续自己的青春了，当然，是分别继续。

又一次重生，你的恩人就是一直不想做局外人的赵公敏。

活着真好，其实你也只是试试自己的勇气而已，如果真要他死，他可以死一百次了，还好你自己是完整的。

**身边有个局外人真好。**

显然，这已经不是第一次在过生日的时候，有人送你那要要红玫瑰，更不是最大的一束；可是，这

# 亥，二七

# 尽态极妍，风韵犹存

天下最漂亮的女孩儿。”他，梁伟，说你在他眼里是一尊奶瓶，是就是吧，奶瓶——[illegible]，的确很可爱的

“14是最不吉利的数字。”其实这个刁难的问题，你也没有答案

# 幸亏生命只有一回

冬去冬又来，花开花会衰。**找不回共同的回忆，则为路人，人是心非，无需再费力气。**

你辗转找了几个男朋友，他们共同的特点就是：**让你觉得下一个是最好的选择。如果明天你会爱上他，那证明爱情纯属错觉。**

你想找一个傻瓜，在全世界都说你错的时候，他还站在你身边支持你。**爱一个人，是不允许他嫌弃自己的，要不然，那只是讨好。**

经小康介绍，你跟做公务员的老周相亲了，你都忘了相亲时候的具体情节，只记得不是邂逅，是经介绍认识的。

过去那个对你千好百好的人，是故事里的人，不需要跟现实对号入座。你一直以为除了隐私和机密，他从来没有欺骗过你。

从前以为，女人跟男人同甘共苦是她们的天职，后来发现世界上没有男人：美好的感觉是转瞬即逝的，爱情也只是双方市场的交集。更有相亲节目，让人彻底变成牲口

推向实实在在的市场。**错的不是女人，而是那些穷秀才，自己不能拥有的，就搞个故事让角色帮自己拥有。**

**不去原谅一个人，是因为原谅了也给你带来不了多少利息。**

老周就是比别人聪明，他知道能给你感情寄托的，是人：在一次近距离旅行后，他送给了你一个最可人的礼物，人——你怀孕了，并且从表征判断，是个男孩儿。两家很快达成协议，择吉日大婚，趁婚纱还不用加号。

**婚礼进展得有多顺利不重要，重要的是跟谁结婚；成功不重要，重要的是成功的选择。**

你说你成熟了：懂得嘲笑别人的撕心裂肺是执迷不悟了，懂得故作淡定是生命的真谛了——可是你懂得你在失去爱的能力了吗？在乎，是生命的特征，生为草木，并无过错，但不是炫耀给别的生命看的理由。

婚姻是爱情的坟墓，那没有婚姻就是无葬身之处——你记得结婚那天，两三百人的大场面，让你没有精力去背诵前面这两句话。

**生命是生命自我复制的方式，鸡是蛋生蛋的方式。**所以，零后面加零，意义只在壮观。能实现的叫目标，实现不了的叫梦想。

后来阿雅告诉你，二胡音讯全无。

后来你听说韩帅以及拐卖儿童做乞丐的团伙都被拘捕，后来又有朋友跟你解释，是韩帅派人从乞丐公司买来小乞丐，然后弄残安排出现在高哲飞的路上被撞死的。

**度过苦难的时期，那需要足够强大的错觉。**你吟诵古诗，念佛经，学了希腊语和法语。

再后来又打听到，韩帅因为在乎褚继国跟你有过暧昧，要处理掉褚继国，褚继国安排在韩帅身边的卧底把韩帅的把柄给了已有身孕的小梅，小梅向警方举报了韩帅参与拐卖儿童并迫害他们致残然后行乞的罪行。审理过程中，发现了高哲飞撞死乞丐的信息。

高哲飞因而平反，可是你已经嫁为人妇，并很快生子，生子生得你发誓，绝对不会再要孩子，不管跟老周能不能走到最后。

年轻的时候不懂得珍惜，想要珍惜的时候却失去了珍惜的资格，居然一语成谶。

好多时候你问自己，如果不是有了小周周，你会不会跑到高的身边，或者说，终身不嫁，等待重新开始。可是，这些都是如果如果之类的假设。

也许世界上，并不存在绝对价值，只存在：A对B有价值，或者说，A对B的某个运动有效用。成熟不在于认识了世界，而在于认识到了自己。

后来又有人说，小梅难产，折腾了两天，韩帅越狱守在小梅身旁，最后母女平安，韩帅在女儿和众人面前痛哭流涕。警察将忏悔的韩帅带回监狱继续服刑。这也算皆大欢喜的琼瑶式的结局吗？

**法律面前人人平等的意义，不在于“人人平等”有多么对——而在于，离开了“人人平等”法律将无法执行。**

也许相爱的人在一起，并不一定就能阐释好爱情的真谛，**少了惋惜，你就不再珍惜。**

**幸亏生命只有一回，要不然你得错上多少次啊！**

## 剩女应无恙

**你说你还爱你的丈夫，因为爱这个字已经很容易说出口。**

你每天都要打量那个为破坏世界而生的人，似乎每天都能找出跟昨天的不一样：下巴，跟他的爸爸一样，今天更宽更厚了，像卡佩罗，长大一定是个苛刻的人——对别人。再找，已经很难找到正统的嫡传样本。嫩白的皮肤与高挺的鼻梁，分明就是男版的你。

而那双眼睛，分明是他：美眸一双，略带狐媚，眉宇轩昂，两道墨迹，直扫鬓角。

“宝贝，请不要是我，**你是男人，长大就要耐心等你的女人犯错**！”跟谁说？跟谁也不敢说，只有跟读者说。

“周旭冉，”你总是叫儿子的全名，似乎姓周，很值得你一说，“赶紧去洗把脸，看鼻子都脏成什么样了。”

任凭他的反抗，身强力壮的你还是强行把儿子的脸涂上了一层水——这下该没了他的影子。

有人说，看谁多了，孩子就像谁；可是想谁多了，孩

子也像谁吗？

打住，老公来了，还是由你来做饭。

**幸福，其实很简单，就是累的时候，觉得是义务；闲的时候，无聊到不敢有任何冲动。**

你跟老公早已经不再抢电脑，除了工作的事，他都让着你，可是工作的事越来越多。终于该你上QQ了。也许只有难得的东西，才让你认识到，时间有着它变幻的密度。

“亲爱的嫂子，冉冉妈，周六9月7号，俺莅临北京指导工作，如不嫌弃，贵府借宿一宿，按四星级标准埋单，如有宅心，在京物色一白马，牵回去见唠唠叨叨和喋喋不休。”

是大学死党雅翰这个死丫头，从你结婚后，就叫你嫂子，现在又给你多了一个昵称“冉冉妈”。

“我认为，**幸福就是，幸福两个字不会让你误读成绝望。**”

“随便你怎么说，俺是剩女，没羞没臊。冉冉长得像我吗？”

“凭什么像你，当初又不是你帮我生的孩子。剩女应无恙？”

“剩女好得很——让孩子叫我干妈吧，我不想要孩子了，看你肚子上的大栅栏就害怕。”

“一个人来还是两个人？”

“嫂子，两个人就不住你家了！吃不穷你的。”

“没事的，不怕我抢了你的男朋友就住我家吧。”

“小心有人正在看你码字呢！”

……

她见证了你第二次恋爱的完败，和第三次恋爱的败完。你想她，却恐惧她。

**以前的忧伤源于不自量力的欲望，现在的惆怅流露的是处处为别人着想的善良。**

你想好了，让老周睡客房，你们姐妹睡主卧。

你没想好，她能带来关于他的，是好消息还是坏消息。

睡觉前，先例行公事。老周还在当打之年，可是时间是有密度的，你忘了是他，也许他也忘了是你。**弗洛伊德**

**说，两个人，有时候是四个人；你说，错觉，也是真感觉**。

然后是大汗淋漓，和无尽的伪眠。

怎么能够睡得着呢？怎么可以睡得着呢？怎么忍心睡得着呢？

再要走三六九，雅翰6号就到了，这天倒是挺风和日丽的，迷信一点总也没什么不好，宁可信其有，不可信其无。

Bus+Metro+Walk，**方程式的人生，人生却像那么几个有限的常数**。

“穿了马甲都快认不出你来了，带什么破眼镜！”

“这可不是破眼镜，这是完整的眼镜框——来，给嫂子戴戴看，放心吧，不是名牌的，撑坏了不用赔老公。”

“看，被卖保险的和推销的折磨傻了。”

“哎呀呀！你看，给弄劈了，好长一条纹——请我吃西餐，就不追究你的鲁莽给小姐我造成的损失了。”

一个没镜片的破眼镜有什么可享用的？也许，只是为了照镜子的时候可以忘了自己的真实模样吧。有人说戴着眼镜睡觉，就会梦到清晰的初恋。

Walk +Metro——"Here's 西餐厅，就先啃点鸡。"

"鸡毛比较高蛋白，鸡骨比较高钙，鸡肉比较高热量。"

"这样，我吃鸡肉，你啃鸡骨头，剩女应无恙？"

"肯德基可是鸡（积）毁销骨呀！连个毛都没有！"

落座你才好好看看你的这个妹妹。你知道少妇是没有多少资格跟姑娘比姿色的；可是，你很想看看另一个自己。

她分明是韩剧里走出来的：高高的鼻梁大大的眼，厚厚的嘴唇窄窄的脸——乳白色的硕大耳环左摇右摆，只是面色更白——你们可都是黄种人。

"别看了，一直就比你俊。"

"豆浆见了高贵的咖啡，永远都是那么谦逊。"

"其实**咖啡来自咖啡豆——咖啡本质上也是豆浆**。"

"你身上的三金也比你值钱了吧！"

"如果遇到的他是穷的，就当了这些。"

**"繁体的爱字，是围绕着心的；情，是有心在守护的；可是婚姻，只是女人昏了头，不再计较果和因。"**

**"聪明意味着记忆的肆虐，能昏了头，就已经是幸福了。"**

“在安慰我？”

“我喝咖啡不放糖——苦后就是醇香；有糖的咖啡，甜后是酸和腻。”

“跟高一直没来往吧。”

“你有孩子，你所有的失去都已经加倍偿还。”

“可是他只流着我一半的血。”

“周很爱你的。”

“也许吧，至少很爱过。”

“……他去澳洲了——好了，说实话吧，他去阿根廷的潘怕斯草原了……”

“一个人？”

……

肯德基的服务员都很端庄，其实，上学的时候，KFC还是高雅场所的代名词，那时候你们会跟服务员比肤色，比个头，比身材——可是现在，你们是有钱人，是成功者——忘了到底是谁给谁在谁那里埋了单。

9号，阴天。Bus+Metro+Walk，你送走了你接来的这个人。

**她曾经是你的闺友，是你暗战的对手，是你爱情起伏的见证，是因为没有爱欲的撞车而成为的最信赖的信使；可是现在，她，分明是另一个你，她跟着航班，带走了你的梦想**——子在川上曰……逝者如斯……剩女应无恙！

# 生日

# 做二八忘二八

都说脂粉掩饰不住岁月的痕迹，素颜慢慢就等价了隐私的拆穿、缺点的暴露。

夸奖你成熟的声音越来越多，你知道是成熟这个词礼貌了一回，挪作善用——可其实皮里面包裹的你从来没有察觉自己有过什么改变——你还是，二十多年来一直没变的那个自己。可是这张皮呢？

**看看从前的自己，真该自杀几回。**

夜里照镜子，会老得快，可是你不能再迷信这些。面对别人，你分得很清楚丁是丁卯是卯，他是他你是你，可面对眼前盯着自己的这个老熟人，你会环视四周，然后指着她问自己：“你——我怎么会在这里？”——“当啷，当啷当啷，当啷当啷当，当……”iPhone醇厚的短信提示音把你拉回了现实的世界，是谁会在第一时间里送来生日快乐的祝福呢？

**没有人告诉你生命存在的意义，只是你分不清这是昨天的延续，还是明天的透支。**

你就知道她会在午夜给你送来同情，你很感激，还是

回复了“谢谢”“同开心”……

“几点了？明天是你的生日。”老公似乎在说梦话。

“牛肉有问题，肚子疼得要命，以后只去超市买肉。”其实他没问你为什么半夜起来。

一夜无语，天亮。

老公早已学会了自己打领带。

“回来再臭美吧，看领带打成什么样子了。”

按照这两周的习惯，他来吻你的额头——喉结小了，脖子上的皱纹已经很清晰了，**老公已经变成老伴儿了**。

他说了一堆感激你的话，扬长而去。

**看透了世界，你却看不懂人心；看懂了人心，你也看不清自己——而女人，是不论自己还是别人，都永远也搞不明白的。**

你打开电脑，开始看一张张你熟悉的面孔。

游戏都是设计者的别出心裁，而人生则是老天爷的精心安排。“找不同”的答案是作者偏好的映射，而你看了12遍高的网络资料，应该早已揣摩够了老天爷的性情。

但是你已经没法看第 13 次了，因为网通公司打来电话今天上午这个小区施工要断网半小时。

谁说没法看？你拿了老公尾号有 4 的联通手机卡，用手机托电脑也能上网。

“断网了，我想启动联通 3G 的号卡，密码是多少？”

“亲爱的，就是你的生日，不要把自己生日记错。”

如果是这几个数字，你是不会问的，显然你的智商在他匆忙中被低估，老虎总有打盹的时候。

你没费吹灰之力，就找到了这张卡的母卡，上面有 PUK，你按照提示更改了密码。你登录联通官网，打开了他的通话详单和信息详单。

**你的手机他是可以不看的，因为他对你信任；他的手机是随便让你看的，因为他要让你信任。**有怀疑才要解释，尘埃落定是不需要任何说辞的——你长大了。

“亲爱的，按键不好用，我把这张卡弄锁了。真倒霉，今年的生日非得过超隆重，快气死了。”

“鸡毛蒜皮的事记得清清楚楚，有点正事儿就忙个慌

里慌张，你输入三次错的解锁码，整张卡就报废了，后天周六我去联通看看能补出卡来吧，应该能的。都跟了我两年了，还这么傻傻的，朽木啊！”

**男人的虚伪，还不都是为了不伤害女人的自尊心？**你不可以不让男人花心，因为男人都是畜生，可女人偏偏在乎小动物。

“最伟大的母亲早已经把好的智商都分配给你儿子啦。”

……

“蚊子，二胡回来了，活着回来了。”

“要是头胎生个丫头，我们指腹为婚。”

“阿雅，你说，女人原谅男人的理由有哪些？”

**不要抱怨别人不了解你，被看透是更可怕的事。**

“你先说不原谅的理由有哪些？”

“背叛，毁灭了期待；谎言，就是美丽的终结，勿复赘言。”

“婚姻早就让美丽转移了，忍受和担当成了新的享受。我怕活到一天，该说的也懒得说了。”

“可明明是难受，我的小姐，饱汉不知饿汉饥。”

“从前我们享受的不都是孤独吗？正是有孤独，才有了让我们有逃离孤独的梦，是梦的美好迷倒了我们。”

“新享受，新难受，新的割舍两难，新的不知所措——畜生，王八蛋，会叫的狗不咬人，咬人的狗它从来不叫唤！”

“生气，就是在乎了，不是吗？”

“我在乎的是我自己，是我自己的被爱！”

**“对被爱的期待，就已经是爱了。”**

“我觉得是尊重与不尊重的问题，欺骗与被欺骗的关系，我的青春就这样融进了谎言。婚姻跟爱情无关，如果非要找共同点，那就是都抱着更敏感的尊严。”

“你不再是你自己，而有了新的角色，从而有了新的憧憬，于是诞生了新的使命，有使命就意味着有所牺牲。虽然不如意，但这就是确切的责任。”

“做年轻人还真没做够！”

“回不去的何止青春，还有那迷信爱情跟金钱无关的年轻的心。拥有的东西终究会失去，结果变经过，经过变

过去。我记得我是逼着自己读完《红楼梦》才迫切想读这本书的。”

**承受不起的享受就是难受，是对的；承受得起的难受就是享受，你信吗？**

下午，你开着电脑，看着一张张你熟悉的面孔和两张新面孔。

**多大的事，回头都是感情的背景。**

**好希望身边有个骗子陪着，他能帮你辨清哪里有谎言。**